JN057740

仮初(かりそ)めの花嫁

～義理で娶(めと)られた妻は夫に溺愛されてます!?～

目次

仮初(かりそ)めの花嫁

～義理で娶(めと)られた妻は夫に溺愛されてます!?～

プロローグ

ドアを静かに開けて部屋に入ってきた夫が、ベッドの上に正座している私を見つけて足を止めた。

そのギョッとした表情から、彼が困惑していることがありありと伝わってくる。

それはそうだろう。

これは彼にとって、親友の遺言に従っただけの愛のない結婚。

だけど私は……

私はベッドの上で三つ指をついてゆっくりと頭を下げた。

「冬馬(とうま)さん……どうか私を、本当のあなたの妻にしてください」

――どうか私を……抱いてください。


これはそんな風に始まった私達が、本当の夫婦になるまでの物語。

1　兄の遺言

兄、八神大志の葬儀が終わった直後の親族会議は酷い有様だった。

こちらは特に話すこともないのに、『今後の話し合いをしたい』とアパートまで押しかけてきた父方の叔父と叔母夫婦が、リビングのソファーを陣取っている。

「桜子だけじゃ、どうしようもないだろう？」

「大志くんがいないんじゃ事務所も潰すしかない。処分はどうするんだ？」

「桜子ちゃんはまだ若いし、財産の管理は任せてもらえないか？」

身内に不幸があると、ずっと疎遠だった親戚がここぞとばかりに擦り寄ってくるというのはよく聞く話。けれど、実際目の当たりにすると、あからさますぎて吐き気がした。


私、八神桜子は、二十四歳の誕生日の翌日に、たった一人の身内である兄を亡くした。

両親を事故で亡くしてからは親代わりとなって私の面倒を見てくれていた、八歳上の義理の兄。

私は彼のことが大好きだった。

兄が生前に言っていた言葉を思い出す。

『俺達に頼れる親戚はいない。アイツらは父さん達の再婚にも文句をつけた挙句、さんざん借金を頼んできたから、付き合いを絶ってるんだ。絶対に信用しちゃいけないよ』

だから彼らに葬儀に参列してもらうつもりはなかったのに、兄の死の報告をしたら親族代表として出しゃばってきた。

葬儀中、この人達が聞こえよがしにぶつけてきた心ない会話は忘れられない。

『あの母娘が来てから不幸続き』

『血の繋がりもない子が全財産を丸儲け』

同時に、私の隣に立っていた男性、冬馬さんへの風当たりも強かった。

『アイツは一体何者なんだ』と言わんばかりの露骨な視線を向けていたのだ。

――冬馬さんは身内みたいなものなんだから！　あなた達よりよっぽどお兄ちゃんの死を悼んでくれている！

私は唇を噛みながら、こんな人達の言いなりになるものかと、必死で顔を上げて前を見た。

そして、現在。葬儀を終えアパートに戻ってきた私は、ガラス製ローテーブルの横に正座したまま、膝の上で両手の拳を震わせる。

すると、隣に座っていた冬馬さんが私の手を上から包み込んで優しく微笑んだ。

「桜子ちゃん、大丈夫だ」

「えっ？」

私と目が合うと、彼は任せてとでも言うように頷いて立ち上がる。

「皆様、本日は八神大志くんの葬儀に参列いただきまして、誠にありがとうございました。私は大志くんが代表を務めておりました『八神法律事務所』の共同経営者であり弁護士の、日野冬馬と申します。これより大志くんの遺言をお伝えしたいと思います」

――遺言!?

驚く私を見下ろしてまたふわっと微笑むと、動揺する親戚を尻目に遺言書を読み上げていく。

遺言書

私、八神大志は、次のように遺言する。

第一条、私、八神大志の全財産を、妹の八神桜子に譲ることとする。

第二条、八神桜子の後見人を日野冬馬とし、彼が桜子が相続した全財産を管理することとする。

第三条、八神法律事務所の経営権を、共同経営者である日野冬馬に譲ることとする。

第四条、この遺言状の執行については、全てを日野冬馬に委託し、親戚を含め、その他の者の一切の口出しを禁ずる。

そこまで読むと、冬馬さんは「この後に不動産登記や株式などについても細かく記されていますが、これはあなた方には必要のない情報だと思います。質問がなければ、どうぞお引き取りください」と頭を下げた。

「なっ、なんだって!? その遺言書が本物だって証拠があるのか!」

「はい。大志くんの自筆証書遺言です。彼の署名と日付記載、押印がされています」

そう言うと、文面を叔父達に晒して確認を求める。

「異論があるようでしたら家庭裁判所にでも申し立ててください。こちらは一向に構いません」

「なっ、なんなんだ、貴様はっ！　大体お前に何の権利があって口出ししてるんだ！」

「私は大志くんの親友であり、事務所の共同経営者であり……そして、桜子さんの婚約者でもあります」

――えっ、婚約者⁉

「桜子さんのことは、私が彼女の夫として一生大切にし支えていく所存です。あなた達こそ、私達家族の問題に口を挟まないでいただきたい！」

そう強い口調で告げられた叔父と叔母達の矛先は、私に向かう。

「桜子、婚約って本当なの⁉」

「桜子、お前、騙されてるんじゃないのか？」

「こんな男に財産を管理させたら、いいように使われてしまうぞ！」

――なんなの、この人達は。お兄ちゃんの死を弔うどころか……

多重放送のように一斉に喚かれて、私の中の何かがプツリと切れた。

「……お引き取りください」

「はあ？　桜子、お前……」

私はスッと立ち上がり、冬馬さんの隣に寄り添う。

「冬馬さんが言った通りです。彼は私の婚約者で、夫になる人です。今後のことは彼が全てやってくれますので、心配はご無用です。どうぞ安心してお引き取りください」

私の言葉を引き継いで、冬馬さんが私の肩をグイッと抱き寄せる。

「その通りだ。さあ、今すぐ出ていってくれ！」

鋭い視線で彼に一蹴され、叔父達は苦虫を噛み潰したような顔で退散する。後には、私と冬馬さんだけが残された。

私はへなへなっと床にへタり込むと、ガラステーブルに両腕をつく。その横に冬馬さんが座り、顔を覗き込んできた。

大きな手が、ゆっくりと背中を撫で(な)てくれる。

「桜子ちゃん、大丈夫かい？　あんな大声でいろいろ言われて怖かっただろう」

「いいえ、冬馬さんのお陰で助かりました。私ったら遺言書のこととか、何も知らなくて……」

「ああ、大志が自分の病名を知った直後にしたためたんだ。自分の死後、君が困ることのないよう、全ては桜子ちゃんのために……」

「そうだったんですか……。冬馬さんがいなければ、さっきもどうなっていたことか」

あの叔父達には、両親の葬儀の時も大騒ぎして場を乱した過去がある。

――確かあの時も、冬馬さんが助けてくれたんだった……

「ふふっ、それにしても……婚約者だなんて、上手(うま)い嘘をつきましたね。あの時の叔父達の顔ったら……」

「嘘じゃないよ」

「えっ？」

冬馬さんの言葉に笑みを引っ込めて見つめると、彼は真剣な表情でハッキリと告げた。

「婚約というのは嘘だけど、俺が君の夫として一生支えていくというのは本当だ。これも大志の遺言、アイツが最後に俺に遺(のこ)した言葉だ。……桜子ちゃん、俺と結婚しよう。いいね？」

突然すぎて、何がなんだか分からない。

だけど、今日聞いた言葉の中でこの部分だけは、スッと頭に入ってきた。

『冬馬さんと私が結婚する』

断るはずがない。

だって私は……ずっと冬馬さんのことを好きだったんだから。

「……はい、よろしくお願いします」

彼のギリシャ彫刻のように整った顔を見つめながら、私はまるで魔法にでもかかったみたいにスルリとそう答えていた。


私の母と八神の父が再婚したのは、私が六歳の春、もうすぐ小学校に上がるという時だった。

初めて八神家に行ったのが、その前の年のクリスマス。だだっ広いリビングルームに天井までの高さのクリスマスツリーが飾ってあったのを覚えている。

色とりどりの電球がチカチカと点滅し、てっぺんにはお星様が飾ってあって……

いつか絵本で見たような光景だったから、自分が夢の国に迷い込んだのかと思った。

私は幼かったからあまり記憶にないけれど、私の実の父親はアルコール依存症で、たまに働きに行ってはクビになって、家でお酒を飲んでは暴れる……ということを繰り返していたらしい。母がパートと内職をして家計を支えていたものの、それはすぐに酒代に消えた。

母がどうしてそんな人と結婚したのかは知らない。

だけど、そのうち私にも手をあげるようになった父親に危機感を持った母は、『法テラス』という法的支援事務所の無料相談を利用して、父親との離婚を決めた。

その時にお世話になった弁護士さんが、後に母の再婚相手となった義父である八神だ。

義父には当時中学二年生の一人息子がいた。奥さんは息子さんが三歳の時に、病気で亡くなったという。

これから受験に差し掛かる、思春期の難しい時期。再婚なんて反対しそうなものなのに、クリスマスの日に初めて会った義兄――大志は、私の手を引いてクリスマスツリーの前まで連れていき、プレゼントの箱を手渡しながらこう言った。

「これは俺とお父さんからのプレゼントだよ。あっちの箱はサンタさんから。今年は俺が飾り付けをしちゃったけど、来年は一緒にツリーを飾ろうね」

王子様みたいな甘い笑顔で言われたその時から、大志お義兄ちゃんは私の優しい兄になり、八神家が私の居場所になった。

そして、両親が入籍したのは翌年の春。

兄は、「俺は母親の記憶がないから、お母さんと可愛い妹ができて嬉しいよ」――そう言ってニッコリ笑った。

そんな兄の友人である冬馬さんが初めて我が家に遊びに来たのは、私が小五で彼が大学一年の夏。

彼は兄の同級生で、二人は共に弁護士を目指して大学の法学部で学んでいた。

冬馬さんは母子家庭で育ち、そのお母様が過労で亡くなられてからは、お祖母様と二人で生活されていたそうだ。高校を出たら働くつもりだった冬馬さんに、お祖母様は、『絶対に大学に行って、何か資格を取りなさい。一人でも生きていける力を身につけなさい』と何度も繰り返し説いたと聞いている。その結果、彼は弁護士になろうと決めたという。

「母が過労で倒れた時に、仕事先の工場では何の補償もされなかったんだ。それが弁護士を目指すきっかけの一つになったのかもしれないな」

我が家で夕食を食べながら、冬馬さんがそう話していたのを覚えている。

冬馬さんは、お母様の生命保険やお祖母様の年金と貯金もあって生活に困窮することはなかったものの、お祖母様に負担を掛けたくないと高校時代にアルバイトをして進学費用を貯め、奨学金も得て無事に大学に入学したそうだ。入学式では入学生総代として挨拶も務めている。

でもその年の春、冬馬さんが大学に入学してすぐにお祖母様が亡くなり、彼は広すぎる家を引き払ってアパートで一人暮らしをしていた。

「だから俺は、こういう家族団欒に憧れてるんですよ」

そう言ってご飯をお代わりする冬馬さんを両親も気に入り、本当の息子のように可愛がった。

我が家から大学が近いこともあって、彼が家に夕飯を食べに来ては泊まっていくというのがお約束のパターンになる。

冬馬さんは私の初恋相手だ。

ハッキリ言って一目惚れだった。

彼と最初に会った日のことを、今でもよく覚えている。当時、小学五年生だった私がＬＤＫのダイニングテーブルで席についていると、廊下から聞きなれた声がする。

——お兄ちゃんだ！

「お帰りなさい！」

大好きな兄の帰宅に喜んで振り向くと、兄の後ろに見知らぬ男の人が立っていた。

身長百七十八センチの兄よりも頭のてっぺんが飛び出している。百八十二、三センチはあるだろう。

その高身長の男の人が「こんばんは、お邪魔します」と挨拶し、母がキッチンから「いらっしゃい」と応じていた。

——お母さん、お客さんが来るって知ってたのなら、言っておいてくれれば良かったのに！

私はダボッとした白い長袖Ｔシャツにジーンズというラフな格好が恥ずかしくて仕方がなかった。

だって、目の前に現れたのは、くっきりした二重瞼の猫みたいな目に、長い睫毛をバサバサさせている綺麗な男の人。しかも私と同じようなジーンズに白Ｔシャツなのに、雑誌を抜け出したモデルみたいにサマになっていて……

「初めまして、桜子ちゃんだよね。大志にいつも聞かされてるよ、『俺の妹は世界一可愛い』って」

――なっ、なんてことを！

こんなカッコいい人に向かって兄馬鹿ぶりを発揮していたとは……

お兄ちゃんフィルターが掛かれば、平凡な私でも『絶世の美少女』になってしまうから困る。

「……いつもは座敷童子（ざしきわらし）って言うくせに」

ボソッと呟（つぶや）くと、兄がハハッと笑って、「なっ、冬馬。俺の妹は座敷童子（ざしきわらし）みたいで可愛いだろ」と臆面（おくめん）もなく言い放った。

当時の私は今のようなロングヘアーではなく、真っ直ぐな髪を肩で切り揃（そろ）えていた。そこに白い肌と切れ長の目も相まって子供の妖怪に見えたらしい。

それを可愛いと言われても、ちょっと微妙だ。兄に話を聞いて『世界一可愛い子』を期待していたであろう冬馬さんに申し訳ない。項垂（うなだ）れていると、目の前にニュッと右手が差し出された。

――えっ？

「噂通り本当に可愛い子だった。よろしくね、桜子ちゃん」

チョロいと言われても仕方がない。

だけど、あんな風に柔らかく微笑（ほほえ）まれて、甘い声で名前を呼ばれて……小五のいたいけなハートが鷲掴（わしづか）みにされないわけがない。

大きくてちょっと冷んやりした右手をそっと握ると、ギュッと力強く握り返されて、私の心臓がドクンと鳴った。

それから私は、ずっと冬馬さんに片想いをしたままだ。

兄と冬馬さんは性格が正反対なのに、ひどくウマが合って常に行動を共にしていた。

兄は天真爛漫というか、明るくて人懐っこく、誰とでもすぐ打ち解けてしまう社交的な人だった。

そして、思いついたら即行動の猪突猛進型。

対して冬馬さんは、どちらかと言えば口数が少なくて、一歩引いたところで周囲のことをじっくり見ながら的確なアドバイスをくれる、慎重な頭脳派。自分から積極的に話しかけていくタイプではないけれど、一旦打ち解ければ面倒見が良くて、人の話を黙って聞いていてくれるような人だ。

あの頃、我が家にはしょっちゅう兄のゼミ仲間が集まって、リビングのガラステーブルの周りを陣取っては、勉強会や飲み会をしていた。

いつも輪の中心になって盛り上げているのは兄の大志で、冬馬さんはその隣でニコニコして話を聞いている。

髪の色を少し明るめにしていた兄と漆黒の髪の冬馬さんは、見かけの対比も相まって、皆に『二人は太陽と月だな』なんて言われていた。

兄達の勉強会がある日は、私は自分の部屋には行かずダイニングルームに残る。

大好きな兄と冬馬さんに近寄りたいけれど、知らない男の人や大人っぽいお姉さん達に気後れして、ちょっと離れたダイニングテーブルで頬杖をつき、その様子を眺めたものだ。

いつも兄がそれに気づいて、『桜子、こっちにおいで』と手招きしてくれて、『桜子ちゃん、俺の隣に座ってな』と冬馬さんがニッコリ微笑みながら少し場所をズレてくれる。

私は兄と冬馬さんに挟まれて座り、よく分かりもしないのに、民法とか法令の議論や模擬裁判の練習を見ているのが好きだった。

そのくせ私は昔から、男の人の大声や怒鳴り声が苦手だったため、議論が白熱しすぎて、誰かが『それは違うだろっ!?』なんて声を張り上げると、首をビクッと竦めて固まってしまう。

そんな時は、何も言わずとも兄がすかさず肩を抱いてゆっくり摩ってくれて、冬馬さんがポンポンと頭を撫でてくれた。私は二人に触れられたところからゆっくり温まって解れ、漸く身体の力を抜くことができたのだ。

そうやって優しくされるのが嬉しくて、まるでお姫様にでもなれたような気がして胸がときめいて……ほんのちょっとの優越感を覚えていた。

そして二人から特別扱いされている私へは、綺麗なお姉さん達から羨望の眼差しが向けられる。

我が家に来るお姉さん達は、あからさまに敵対心を向けてくる人と、私を懐柔しようとする人の二パターンに分かれていた。

「あら、大志ってまさかシスコンなの？」

敵対心を向けてくるタイプのお姉さんが皮肉げに言うと、兄はニカッと白い歯を見せて、「そうなんだ、俺って妹に夢中だからさ、皆、俺の桜子に手を出さないでね」なんてあっけらかんと答える。

「えっ、俺ならいいだろう？」

「お前が一番駄目！　モテすぎるから絶対に桜子を泣かせる」

冬馬さんと二人で悪ノリして、あっという間にその場を和ませてしまうのだった。

そんな風に、大好きな兄の放つ明るい太陽の光と、初恋の人のくれる穏やかな月明かりに照らされて、その頃の私は何不自由なく幸福な少女時代を過ごせていた。

今思えばこの頃が、一番穏やかで楽しい時間だったのだと思う。

――太陽と月……

お日様のように輝く笑顔で皆を楽しくさせる兄と、蒼黒の空に浮かんで静かに優しく皆を見守っている月のような冬馬さん。

私は今でも昼に夜に空を見上げるたび、二人の顔を思い浮かべる。


両親が亡くなったのは、雪が散らついていた年の暮れ。私が二十歳、兄が二十八歳の時だ。

父が担当していた案件の資料を揃えるために一泊二日で遠出することになり、せっかくだからと観光も兼ねて母を連れて出掛けた帰り道。居眠り運転の三トントラックとの正面衝突で、二人共即死だったという。

葬儀の場は、私にとっては針のむしろだった。

「あんなバツイチの変な女に引っ掛かるから……」

「おおかた旅行に連れていけとでもせがまれたんだろう」

「あの子、どうするの？　大志くんとは血の繋がりがないし、この先邪魔になるんじゃない？」

こちらに聞こえるように交わされる会話に、私は黙って俯くのが精一杯で……隣に立っていた兄が、そんな私の手をギュッと強く握り、おもむろに口を開いた。

「他人が好き勝手言ってんじゃねえよ！」

喪主が発した突然の暴言に、その場が一瞬で静まり返り、そしてザワつく。

「大志くん、葬儀の場でなんてこと言うの!?」

「俺達はお前の父親の弟妹だぞ！　他人とは失礼な！」

顔を赤くして激昂している叔父達に向かって、兄はさらに言葉を続ける。

「父からは生前、あんた達の事業の失敗の尻拭いや借金の肩代わりをさせられた苦労話を散々聞かされていたんだ！　俺は父親から、お前達とは絶対に関わるなって言われてるんだよ！　ハイエナみたいに金の匂いがする時だけ寄ってくるんじゃねえよ！」

叔父達はますます顔を真っ赤にして「なんだ、失礼な！」とか、「躾がなってない！」とかブツブツ言い始める。

「桜子は俺の大事な妹で、唯一の家族だ！　俺はこいつを手放す気はないし、これからも全力で守る。一応は父の弟妹だと思って連絡したけれど、故人の家族を侮辱するような奴に見送ってほしくなんかない。今すぐ出てってくれ！」

親戚が尚もギャーギャー騒いでいたその時、椅子に座っていた冬馬さんがスッと出てきて彼らに名刺を差し出した。

「私は『あさひ法律事務所』の日野と申します。あなた達の行為は葬儀の妨害にあたり、刑法第百八十八条で、一年以下の懲役若しくは禁錮又は十万円以下の罰金に処されます。今すぐ出ていかないようでしたら警察を呼びますよ」

そう言ってスマホの電話画面を目の前にかざすと、叔父達は慌てて帰った。

「冬馬さん……ありがとうございます」

私が深々と頭を下げると、冬馬さんは「辛かったね。君は正真正銘、八神ご夫妻が愛した大切な娘さんだ。堂々としていればいい」と、私の肩を優しく抱いてくれた。

「君は一人じゃない。大志がいるし、俺だって……俺にも頼ってほしい」

「はい」

肩に触れた手から、その言葉から、彼の優しさが全身に染み渡って……だから私は、両親の死を悲しみながらも、寂しさに打ちひしがれることなく、前を向くことができたんだと思う。

当時私は大学二年生で、英文学科で英語学について学んでいた。

将来は父や兄のもとで秘書として働きたいと思っていたので、そのために英語ができたほうがいいと考えたからだ。

兄が働いていた法律事務所が大手企業の海外部門も扱っていたので、兄が一人前になって父の事務所を継いだ後には、国際的な案件も引き受けるようになると見込んでのことだった。

だけどそうなる前に兄は勤務先を退職、急遽父の遺した弁護士事務所を引き継ぐ。できるなら、働いていた大手の事務所でもっと経験を積みたかったに違いない。二十代の若さでいきなり事務所を背負わされたプレッシャーは相当なものだったと思う。

弁護士という職業は、若いとなかなか信用してもらえない。

兄は私には何も言わなかったけれど、一時は事務所の経営も厳しかったのだろう。私達は家族で住んでいた家を売り払って、アパートで暮らし始めた。

「私、大学を辞めて働こうかな……」

そう言った私を、兄は鬼のような形相で叱りつけた。

「フザけんな！　お前が大学を辞めたら、俺は父さんにも母さんにも顔向けできないよ！　いいか？　父さんと母さんは俺達のために多額の貯金と保険金を遺していってくれたんだ。二人に恩返ししようと思うなら、そのお金で教養を身につけて、立派な社会人になれ。大学はそのための場だ！　お前は何も心配せずに、とにかく学べ！」

その言葉にポロポロ涙を零しながら頷いた私は、沢山学んで、いつか絶対に兄の役に立とうと決めた。

兄の言葉を受けてからは、兄の右腕となって働くことが私の夢であり目標となる。

一方、驚いたことに、他の事務所で働いていた冬馬さんが兄の事務所に移ってきてくれた。

そして私も学生生活の傍ら、時間があれば事務所に寄ってお手伝いをするようになる。

事務所に所属していた弁護士さんが父の死をきっかけに独立し、パラリーガルも彼について出ていったため、兄と冬馬さんの二人だけで事務所の全てをこなさなくてはならなかったのだ。

兄は「こっちは大丈夫だから桜子は学業を優先させろ」と言ってくれたけど、家で食事を摂る間も惜しんで書斎に籠っているのを見ると、じっとしてはいられなかった。

『八神法律事務所』は都心の八階建ビルの四階に入っていて、私の通っていた大学とアパートのちょうど真ん中の位置にあったことも幸いした。

朝一番で事務所に行くと、窓を全開にして空気の入れ替えをする。窓とデスクを拭いてゴミ箱のゴミを集め、コピー機の電源を入れる。ここまでが私のルーティンワークで、後はその時によって、クライアントへのお茶出しをしたり、電話番をしたり。

たまに事務所で冬馬さんと二人きりになることがあって、そんな時はパソコンに向かって文章を打ち込んでいる彼の横顔を密かに眺めるのが楽しみだった。

クライアントが来た時にサッと立ち上がって、イタリアブランドの細身のスーツの襟元をパッと整えるお約束の仕草が好きで、いつも見惚れていた。

そんな感じでどうにか三人で仕事を回し、半年もすると事務所は軌道に乗ってくる。兄の持ち前の社交性と愛想の良さに加え、頭が切れて仕事もできる冬馬さんの尽力もあり、徐々に顧客を増やしていったのだ。

そこで新たに事務員を一人雇うことになってやってきたのが、当時三十一歳の水口麻耶さんだ。

彼女は元中小企業の社長秘書という肩書を持つ、紅い口紅の似合う美しい女性だった。社長の息子からのセクハラで会社を辞め、以降は派遣で事務職をしていたという。

彼女が来たことで私はあっけなくお役ご免となる。たまに顔を出して手伝おうとしても、兄に「そんなことより勉強してろ」と言われ、水口さんには「私がいるから大丈夫よ」と笑顔でティーポットを取り上げられて、すっかり事務所での居場所を失ってしまった。

——冬馬さんのスーツ姿もあまり見られなくなるのか。水口さんが冬馬さんと並ぶと、美男美女でお似合いすぎて悔しいな……

「私ったら、何を言ってるんだろ」

今は兄と冬馬さんの努力が認められてきたことを喜ぶべきなんだ。水口さんが来てくれたことで、益々二人の仕事がはかどるに違いない。

私は余計なことを考えた自分を反省すると、両頬をペシッと叩いて気合を入れた。

けれど、そんなある日……

「気づいた？　アイツら付き合ってるっぽいな」

兄がおもむろにこう切り出した。

「えっ!?」

——付き合ってる？　アイツら……って……

そんなの分かりきっていたのに、それでも私は聞き返す。

「それって……冬馬さんと水口さん？　本当に付き合ってるの？」

「多分な。俺にはハッキリ言わないけど、事務所にいる時もいい雰囲気だし、たまにアイコンタクトしてたり、給湯室に一緒に籠ってたりするんだ。それに元々冬馬は大人っぽい年上の女性が好みだから、タイプ的に彼女はドンピシャなんだよな〜」

——年上の大人っぽい女性……

それじゃまるっきり私と正反対。

「へぇ～、そ、そうなんだ～」

「ああ、昔付き合ってた彼女も法学部の先輩だったし、アイツ、好みが分かりやすいんだよ」

いきなり目の前が真っ暗になったような気がした。

まさか自分が付き合えるなんて本気で考えていたわけじゃない。だけど、自分に向けてくれる笑顔や優しさに『ただの親友の妹』以上の感情のカケラが含まれているんじゃないかと、必死で目を凝らしてもいて……

「ふ～ん……そっか～」

――そうなのか……

長年に亘る私の初恋は、その瞬間にパチンと弾けて、消えていった。


兄が病気になったと知らされたのは、私がアメリカのボストンに留学中のことだった。

大学卒業後にすぐ働きたいと言った私に、語学留学を勧めたのは兄だ。

「これからは国際的な事案が増えてくるだろうから、英語ができればできるほどいい。俺の英語力では不十分だから、お前が本場のビジネス英語を身につけてくれたら嬉しい」

そう言われて決意した私は、大学を卒業するまでに秘書検定準一級、ＴＯＥＦＬスコア百点以上を取得して、ボストンのコミュニティーカレッジに入学を申請した。

――夢はもう目前！

もうすぐ兄のもとで働けると、あの頃の私は、期待に胸を膨らませていた。

そんな私の留学期間中、一度だけ兄がボストンまで遊びに来てくれたことがある。

水陸両用の観光バスで一緒に市内巡りをしたり、有名なシーフードのお店でオイスターやロブスターを堪能(たんのう)したりと、夢みたいに楽しい時間を過ごした。

そしてそれが、元気な兄と一緒に過ごせた最後の時間になる。

『大志が胃の手術をしたんだ』

冬馬さんから電話でそう聞かされたのは、年が明けた一月初めの寒い冬。アメリカ東海岸が記録的な寒波に襲われて、ボストンは大雪が降っていた。

けれど、私の背筋がゾクリと冷えたのは、寒さのせいだけではなかったはずだ。

すぐに帰国すると言った私を冬馬さんが止めた。

『もう手術は無事に終わったし、大志も桜子ちゃんには知らせるつもりがなかったのを、俺が手術の報告だけはさせてくれってお願いしたんだ。また改めて大志から連絡させる。お願いだから勉強は続けて』

その三日後に兄からも電話が掛かってきた。

『心配するなよ。ちょっと胃が荒れて手術したけど、もう大丈夫だしさ。冬馬にも知らせなくていいって言っておいたのに、アイツが心配性で……。桜子はあと二ヶ月の留学期間を全(まっと)うしろ。帰ってきたらバリバリ働いてもらうから覚悟しとけよ!」

「分かった。秘書としてお兄ちゃんをバリバリ動かすから覚悟しておいて!」

そう言って電話越しに笑い合ったのを覚えている。

だけどそれは、兄が私のためについた、優しい嘘だった。

期待に胸を躍らせて帰国した私を待っていたのは、半年前にボストンで会った時とは比べものにならないほど痩せ衰え、変わり果てた兄。

そして病室で兄本人から告げられたのは、進行性のスキルス胃癌でもう手の施しようがないということ。電話で知らされた手術というのは癌を取り除く『根治手術』ではなく、食事が食べられるようにバイパスを作るだけの『緩和手術』と呼ばれるもの……という残酷な事実だった。

兄がボストンに来たのは、病名を告知された直後のことだったのだ。

ショックで泣き崩れた私に、兄は『桜子の笑顔が見たい』と言った。

『残された時間を桜子とゆっくり過ごしたい』と。

そのまま緩和ケア専門のホスピス病棟に転院した兄に私はずっと付き添い、残された時間を一緒に過ごす。

ホスピスでの兄は痛み止めの点滴でうつらうつらしていることが多かった。けれど意識のハッキリしている時には仕事の資料を開き、事務所での業務内容や手順を事細かくレクチャーしてくれた。

そして眠たくなると、『桜子、手を握っていて』と言って血管と骨の浮き出た手を差し出す。

私が言われた通り両手でその手を包み込むと、安心したようにゆっくり瞼を閉じるのだ。

たまに私がベッドサイドにうつ伏せで寝てしまった時は、ふと気づくと私の髪を兄の手が優しく撫でている。

「くっそ……死にたくねぇな……」

頭の上からそんな呟きが聞こえ、私は寝たフリをしながらも涙を止められず、肩を震わせ嗚咽を漏らした。

兄はそんな私に気づいて一旦手を止めるものの、黙ってまた私の髪を撫で続けるのだ。

そんな風に兄の命を刻々と削りながら、哀しくも穏やかな時間は過ぎていった。私は二十四歳の誕生日を兄と共に病室で迎える。

私の誕生日は五月五日の端午の節句だ。

小さい頃は、男の子のお祝いの日に生まれたというのが凄く嫌だった。だけど兄が、『桜子、五月五日は子供の健やかな成長を祝う日なんだぞ。そんな日に生まれたんだから、桜子はきっと健康で長生きする！』と言ってくれてからは、自分の誕生日が嫌いではなくなった。

――私の健康なんてどうでもいいから、兄に元気でいてほしい！　お願いだから、長生きしてずっと一緒にいて！

あの二十四歳の誕生日ほど、そう強く願った日はない。

その日の夕方、冬馬さんが誕生日ケーキを持って病室に現れた。兄が呼んだのだという。

白い生クリームの上に、『桜子ちゃん、おたんじょうびおめでとう』と書かれたチョコプレートに、うさぎとクマのマジパン。

小さな子供が食べるような可愛らしいイチゴのケーキを三人で食べた。

その頃には殆ど何も食べられなくて点滴の栄養だけで命を繋いでいた兄も、生クリームを一口舐めて「甘っ！」と顔をしかめながらも、どうにか薄っぺらい一切れを口にする。

嬉しくて哀しくて、涙が止まらなかった。

ひとしきり泣いた後で、兄が私と冬馬さんの顔を交互に見ながら口をひらく。

「桜子……後のことは、全部冬馬に任せてある。相続のこと、事務所のこと、葬儀の手配……それと、お前のことも……だ。これからは何かあったら冬馬を頼れ。分かったな？」

「お兄ちゃん、そんなことを言わないで……」

またも泣き出す私の手をギュッと握り締めて、兄は冬馬さんを見上げる。

「冬馬、何度も言うようだけど……後のこと、桜子のことを……よろしく頼む」

「ああ、任せておけ。心配するな」

二人は目と目で合図を送り、頷き合った。

兄と冬馬さんの間では、もう何度も何度も話し合いがされてきたのだろう。

最後に兄はもう一度私の目をじっと見つめると、穏やかに微笑む。

「桜子、俺はお前を心から愛してる。幸せになってくれ。ずっと見守ってるからな」

「お兄ちゃん……私もお兄ちゃんが大好きだよ！　愛してるよ！　だからどこにも行かないで！　ずっとそばにいてよ！」

泣きながらすがりつくと、兄の痩せ細った腕が、それでも力強く私の背中を抱き締める。

消毒液のにおいに紛れて末期患者独特の死臭が漂ってきた気がしてギョッとした。

私はそれを兄から掻き消したくて、必死に涙で洗い流した。

その翌日に、兄は眠るように亡くなった。

今思えば、兄があの日に冬馬さんを呼んだのは、自分の最期を予期していたからなのだろう。

相当な痛みがあったはずなのに、最期まで弱音を吐かず、笑顔を見せてくれた。

強くて優しい、最愛の兄だった。

2　一人の寝室

葬儀の後は忙しくなると覚悟していたのだけど、思っていたよりも私にできることは少なかった。生前に兄が全ての手配を済ませてくれていた上、冬馬さんが面倒な雑務を一手に引き受けてくれたお陰だ。相続や入籍に関する手続きも、全部冬馬さんが済ませてくれた。

兄の死で抜け殻のようになっていた私は、彼から次々と差し出される書類に黙って署名し印鑑を押すだけで良かったのだ。

その流れ作業に没頭している間は何も考えなくて済み、それに救われていたのかもしれない。それらの作業が終わって、アパートで荷物の整理を始めた途端に辛くなる。

兄は私の手間を考えたのか、自分の書斎は綺麗さっぱり片付けてあった。

兄の覚悟と愛情を見せつけられたようで、私の胸は余計に苦しくなる。

兄と二人で住んでいたアパートは、そこかしこに思い出が散らばりすぎている。

両親が亡くなった時も辛かったけれど、あの時は隣に兄がいた。

――今は私だけ……

とうとう一人ぼっちになってしまった。

あんなに優しくていい人ばかりの家族で、どうして最後に残ったのが私なのか。

兄はよく私のことを『幸福を呼ぶ座敷童子だ』なんて言っていたのに、幸福を呼ぶどころか不幸続き。

「これじゃ思いっきり疫病神……」

家族四人が笑顔で収まっている写真立てを抱き締め、床に座り込む。涙が頬を伝った。

そう言えば、兄が亡くなったあの日以来、ずっと泣いていなかった気がする。葬儀の時は親戚の声に耐えるのに精一杯だったから……

「お父さん、お母さん……お兄ちゃん……一人は辛いよ……」

写真立てを持つ手にギュッと力を込めて目を閉じる。生きるための希望がプツリと切れた音がした。

——もうどうでもいい。

父と兄の手伝いがしたくて英語も秘書検定も頑張ったのに……今はもう二人共いない。

留学なんかするんじゃなかった。お兄ちゃんから離れるんじゃなかった……

「桜子ちゃん……」

不意に名前を呼ばれ、心臓が跳ねる。振り向くと、部屋の入り口にスーツ姿の冬馬さんが立っていた。

何も言えずに頬を震わせていた私は、部屋にズンズンと入ってきた冬馬さんに抱きすくめられる。

「こんなところで……一人で泣くな」

「冬馬さん……」

「俺がいる……俺が支えるから、自分が一人だなんて思うな！　これからは俺の胸で泣いてくれ！」

「冬馬さん、私……」

「うん」

「冬馬さん……」

「うん」

優しく髪を撫でられて、感情が決壊した。

「わーーーーっ！」

私は冬馬さんの胸に顔を埋めると、子供のように泣きじゃくり、必死でしがみつく。

彼はスーツが汚れるのも構わず、背中をキツく抱き締め髪を撫で続けてくれた。

「……落ち着いた？」

何分経ったか分からない。だけど、胸に溜まっていた感情を爆発させて、いくぶん気持ちが和らいだ。

黙ってコクリと頷くと、「どれ、見せて？」と両頬を手で挟まれ、顔を覗かれる。

「いやっ！　泣いてたからみっともない」

慌ててバッと手から逃れた直後、ハハッと笑い声が降ってきた。

「見かけを気にする余裕があるなら大丈夫だ。ほら、立てるか？」

手を引かれ、二人でヨイショと立ち上がる。

ずっと座り込んでいたせいで足がフラついて、私はまたもや冬馬さんの胸に倒れ込む。

「あっ！」

「おっと、だいじょう……」

慌てて支えてくれた冬馬さんと至近距離で目が合い、ドキッとする。

私の潤んだ視界の中で彼の猫のような瞳が一つ瞬きして、そして細められた。

釣られて私も目を閉じる。次の瞬間には柔らかい唇が重なってきて……

——あっ。

それはほんの一瞬で、気づくと、熱と共に顔が離れていた。

冬馬さんはフイッと目を逸らし、私の手首を掴む。

「さあ、俺達の家に帰ろう」

「俺達？」

「そう。もう絶対に桜子ちゃんを一人にはしない。君と俺、二人の生活を始めるんだ」

そして私はコクンと頷き、手を引かれるままに思い出の場所を後にした。

私のファーストキスの相手は、初恋の人で……同情で私と結婚した人だった。


冬馬さんに連れてこられたのは、驚くことに、私と兄が住んでいたアパートから車でほんの五分の近距離にある、新築の白いマンションだった。

地下の駐車場に車を停めながら、彼は「君に相談もせずに悪かったけど、結婚を機にマンションを購入したんだ。前に住んでたところは二人で住むには狭かったから……。気に入ってくれたら嬉しいな」と言って、はにかむように微笑んだ。

　エレベーターが停まったのは十二階建マンションの十階で、手を引かれて入った先は眺めの良い３ＬＤＫの角部屋。

「弁護士という仕事柄、書斎用の部屋があるのとセキュリティーがしっかりしているのが条件だったんだ。あと、見学に来た時に、『キッチンは最新式のドイツ製だから奥様が喜びますよ』……とか、『大理石のアイランドカウンターがあるからいいですよ』とか言われて……」

　首の後ろに手をやり頬を紅く染めている冬馬さんに、私もなんだか気恥ずかしくなり俯いた。

『奥様』という言葉が、胸をソワソワさせる。

　——冬馬さんは、兄の遺言で結婚した私を、それでも大事にしようと努力してくれているんだ……

　私も冬馬さんに満足してもらえるよう、本当に愛してもらえるように、精一杯尽くそう。

「そして、君の部屋はこっち」

　冬馬さんは次々と室内のドアを開けて私を案内した後、最後にウォークインクローゼット付きの八畳の洋間に入った。

　大きな掃き出し窓の外にはベランダがあり、その先にはパノラマの景色が広がっている。

「わぁ、素敵！」

「うん、ここを桜子ちゃんの部屋として使って。女性は男よりも荷物が多いだろうし、洋服の収納場所だって必要だろう？」

「だけど……」

広い収納スペースといい、ベランダに面していることといい、この部屋は何というか……

「冬馬さん、この部屋は夫婦の寝室ですよね？」

「……うん、本来の使い方としてはそうだろうね」

「この部屋を私が一人で使うんですか？」

「うん、どうして？」

「いえ、夫婦の寝室なら……その……クローゼットは二人で一緒に使いませんか？」

すると冬馬さんは困ったように頬をポリポリと掻きながら、スッと目を逸らす。

「いや……基本的に、この部屋に俺は入らない」

「えっ？」

「ベッドはセミダブルを入れておいたけど、もっと大きいほうが良ければ好きなものを注文してもらって構わない。俺は向こうにあるもう一つの部屋を使うから、君はこの部屋を好きに使って」

「えっ、でも……」

「今日は疲れただろう？　夕食の準備は俺がするから、荷物の整理をしてていいよ」

そのまま目も合わせずに、部屋を出ていった。

——冬馬さん？

彼の考えていることが分からなくて、荷物を出すのもそこそこにキッチンに向かう。冬馬さんはパスタを茹でていた。

「お手伝いしてもいいですか？」

私の声にビクッとして振り向いた彼は、「いや……ソファーで休んでて」と素っ気なく言い、また鍋に向かう。

「私これでも、結構お料理はできるんですよ」

「うん、知ってるよ。お母さん譲りの優しい味だ。大志も褒めていた」

「そうですか、兄が……」

そこで沈黙が降りて、気まずい空気が二人を覆う。

キッチンカウンターに置かれているトマトを見つけ、「これはサラダ用ですよね？　切ればいいですか？」と私が手を伸ばすと、「いいからっ！」と撥ね除けられた。

コロンと床に転がったトマトを同時に見つめ、冬馬さんが片手で額を押さえる。

「くそっ……！」

しゃがんでトマトを手に取って、「ごめん、本当に大丈夫だから……向こうで座っていてほしい」、そう呻くような声で言われ、私は黙って従うしかない。

同居初日の夕食は、全く味が分からなかった。

――ああ、やっぱり……

冬馬さんは既に私を持て余しているのだろう。成り行きとはいえ、今まで妹のように接してきた相手といきなり結婚することになったんだ。

――もしかしたら、水口さんにまだ気持ちがあるのかな……

水口さんは、葬儀の時に受付をしてくれていた。……ずっと私の隣に立っていた冬馬さんを、彼女はどんな思いで見ていたのか。そして今は、どんな気持ちで冬馬さんと一緒に働いているんだろう……

――お兄ちゃん……どうしてお兄ちゃんは、あんな遺言を残したの？　冬馬さんはきっと……後悔しているよ。

そして宣言通り冬馬さんは、私の眠る寝室に入ってくることはなかった。

＊＊＊

冬馬さんとの新生活は、坦々と、そしてぎこちなく始まった。

これを『新婚生活』と呼ぶのか、『同居生活』と呼ぶべきなのかは微妙なところだけど……

それでも入籍して夫婦になった以上、やはり『新婚生活』と呼ばせてほしい。たとえ殆ど顔を合わせることがなくても、夫婦の寝室がずっと別々であっても……だ。

「――おはようございます」

「うん、おはよう。朝食を作ってくれたんだ、悪いね」

「いえ、あの……奥さんなので、一応」

「あっ、ああ……そうだね。ありがとう」

一緒に住み始めて六日目。

今日は結婚してから初めての週末で、私と冬馬さんは久し振りに一緒の食卓を囲んでいる。

ここに来た初日の夜に冬馬さんが作ってくれたパスタを食べて以来、彼は家で食事をとっていない。

兄がいなくなった後、事務所が抱えている案件を一人でこなしている彼は、昼も夜もなく働いている。朝はコーヒーを一杯飲むだけで早い時間に家を出るし、帰りは深夜すぎが当たり前。

帰宅してからも書斎から明かりが漏れていることが多いから、睡眠時間もろくに取れていないに違いない。

私も事務所に行って、せめて雑務や電話番だけでもしようと思ったのに、冬馬さんにやんわりと断られていた。

『桜子ちゃんは引っ越したばかりなんだし、まだ向こうのアパートの片付けも途中だろ？　今週一杯は荷解きしながらのんびり過ごしていて。こういうのは落ち着いた頃にどっと疲れが出るものなんだよ』

だとしたら、これから疲れが出るのは冬馬さんのほうなんじゃないだろうか。

だって彼は私の留学中から病気の兄をずっと支えていてくれたんだから……

自分の無力さが歯痒（はがゆ）くて、全く頼られないことが寂しくて……せめて週末の食事くらいは作りたいと思った。

「あの、冬馬さんの好みがよく分からなかったので、今日は簡単にトーストと目玉焼きとサラダだけにしたんですけど、冬馬さんって朝は洋食派ですか？　それとも和食派なんですか？」

それさえ知らずに夫婦になったことが、今さらながら情けない。

「俺はどっちでも。祖母と住んでた時は味噌汁に納豆だったけど、一人になってからはコーヒーにトーストか、コーヒーだけだったり……」

――ああ、そうか……冬馬さんもお母様やお祖母様を亡くされてたんだった。そして今度は仕事のパートナーであり親友であった兄までも……

だからなのかもしれない。

大切な人を失う悲しみや喪失感を知っているからこそ、彼はこうやって一人になった私に寄り添ってくれるんだ。彼は本当に優しすぎる。

「土曜日なのに、今日もまたお仕事ですか？」

彼が着ている糊のきいた白いカッターシャツを見て尋ねる。

「ああ。でも今日は午前中にオフィスで一件相談を受けるだけだから、午後はフリーだ」

「そうですか。でしたら午後はのんびりできますね」

すると冬馬さんはハッとした顔をして、申し訳なさそうに眉根を寄せた。

「そうだよな……君はここに籠ってばかりで退屈だもんな。気が利かなくて申し訳なかった。今日の午後は出掛けよう」

「いえ、そういうんじゃないんです！　冬馬さんがずっと働き詰めだから……その……妻として、身体が心配で……」

そこまで私が言うと、冬馬さんはテーブルに両肘をついて顔を覆う。

「妻……って……」

――あっ！

図々しすぎたかもしれない。

冬馬さんにお世話になってばかりの身で差し出がましいことを言った。そのうえ余計な気まで遣わせて……

冬馬さんは暫く(しばら)ジッと考え込んでいたけれど、何か思いついたようにパッと顔を上げた。

「このままじゃ駄目だよな……うん、今日は一緒に外出しよう。何処(どこ)がいいかな。映画はどう？」

「そうじゃなくって！　私は冬馬さんに休んでほしいんです！」

けれど、被せ(かぶ)気味に答えた私に一瞬たじろいだ彼は、ニカッと白い歯を見せる。

「桜子ちゃんはいい奥さんだな。気遣ってくれるのはありがたいけど、新妻と過ごす時間だって俺にとっては貴重な息抜きなんだ、付き合ってよ」

――にっ……新妻！

「俺達の初デートだな」

――デート⁉

甘い笑顔で言われ、私はもう頷く(うなず)以外に選択肢はなかった。

＊　＊　＊

「――ただいま～……おっ、オシャレしてるね。素敵だよ、とても似合ってる」

その日の午後。仕事から帰ってきた冬馬さんは、私が着ている膝下丈のワンピースを上から下まで遠目に見て、三日月みたいに目を細めた。

アメリカから帰国して以降、オシャレをする気持ちも余裕も全くなかったから、こういう華やかな色合いの服装は久し振りだ。

クリーム色のシフォン生地に紫のライラックを散らしたロングワンピは、地味すぎず派手すぎず、兄も似合うと褒めてくれていたお気に入りの一着。肩に羽織った濃紺のカーディガンが、ガーリーっぽさを抑えて、少しは大人っぽく見せてくれている……はず。

それを見て、サラッと『素敵だよ』なんて台詞を吐けてしまうあたり、やはり冬馬さんは女性慣れしていると思う。

「今すぐシャワーを浴びて準備してくるから待ってて」

「あっ、いいんです！」

「えっ？」

呼び止めた私を振り返り怪訝そうな顔をする冬馬さんに、今日ずっと考えていたことを伝える。

「今日はやっぱり、このお部屋で過ごしませんか？　冬馬さんはああ言ってくれたけれど、私はあなたに無理をさせたくありません」

「だから、俺は君と息抜きを……」

「息抜きだったらここでもできますよね？　今日はおうちデートです」

「えっ？」

私はガラステーブルの上にある袋を手に取って、中からＤＶＤを取り出す。

「家で映画鑑賞しようと思ってレンタルしてきました。どれがいいですか？　アクション、コメディー、ホラーにロマンス。四種類の中から好きなのをお選びいただけますよ。途中で居眠りするのも御自由に」

パッケージを見せていたずらっ子みたいに笑ってみせると、冬馬さんは呆気にとられた顔をした。

それから足早に近付いてくる。

「きゃっ！」

ガシッと抱き締められて、ＤＶＤがバラバラとクリーム色のカーペットに落ちた。

「全く……君っていう子は……」

頭の上から髪の毛越しに唇が落とされる。

私の耳元で「待ってて、すぐ戻るから」と囁くと、冬馬さんはバスルームへ消えていく。

「うっ……わ～」

――耳元で、あの色気のある低音ボイスは反則！

今キスされたばかりの頭に手を当てて、私はぼ～っと立ち尽くしていた。

そして――

ヴァーーーーーッ！　キャーーーーーッ！　ガッ！　ブシュッ！

「……あの……もうスプラッターなシーンは終了しましたか？」

「うん、多分ね」

「多分って、そんないい加減な！」

「それじゃ……って！　なんだか怪しいからもう少しこのままでいます！」

私はソファーでクッションに顔を埋めながら、くぐもった声で宣言する。すると、隣でハハハッと笑われた。

「桜子ちゃんさ、なんでゾンビもののＤＶＤなんて借りてきちゃったの？　昔から苦手だったじゃない」

「えっ、知ってたんですかっ⁉」

ガバッとクッションから顔を上げると、白い歯を見せて愉快そうにしている冬馬さんの顔がある。

「だってさ、俺が八神家に入り浸ってた時に、リビングで大志とホラー映画を見てたらギャーギャー叫んで逃げ出してただろ」

「おっ、覚えてたのに、わざとコレを選んだんですかっ⁉」

「うん。選択肢にあったから」

「イジワルっ！」

「だって、女の子とのデートならホラー系がデフォでしょ」

「えっ、そうなんですか？」

「そうだよ。怖いシーンになればしがみついてもらえて自然にボディタッチができるし、吊り橋効果でドキドキさせられる」

その彼の言葉で脳裏に水口さんの顔が思い浮かび、胸がモヤッとした。

――冬馬さん、せっかくのおうちデートで、過去の女性とのデートを匂わせるような言動はＮＧですよ。切ないです……

「さっ、さすが冬馬さん、恋愛上級者ですね。女の子を落とすテクニックを熟知してる感じ」

「そんなことないよ」

「だって……」

私は膝に置いたクッションに視線を落とす。冬馬さんは前を向いたまま片手を伸ばしてきて、クッションの上の私の手を包み込んだ。

「桜子ちゃんが乙女の妄想を働かせてるのを邪魔して悪いけど……今話したのは一般論で、実際に実践したのは今日が初めてだ。一緒にホラー映画を見るのも、ベタな口説きテクを使ってみようと思う相手も桜子ちゃんだけだよ」

「えっ⁉」

私がバッと冬馬さんに顔を向けると、同じくこちらを向いた彼と視線が重なる。

「第一、女の子と二人きりでデートなんて高校の時以来だし……正直ちょっと緊張してる」

「嘘っ！」

「嘘じゃないよ」

それが本当だと伝えるかのように、上から握る手にギュッと力が加わった。

――大学の大人っぽい先輩は？　水口さんは？　付き合ってもデートしてないってこと？

冬馬さんの顔を見つめたまま考え込む私に、冬馬さんがテレビのほうへ顎をしゃくる。

「あっ、桜子ちゃん、見てみなよ」

「えっ？」

バタンッ！　ヴガーーーーーーッ！

「イヤ～～っ！」

「ハハハッ」

思わず冬馬さんに抱きつくと、「ほらね、こうして自然にボディタッチ……」と言った彼の言葉が途切れ、急に沈黙が訪れた。

ドクン、ドクン、ドクン……

勢いで抱きついたものの引き際が分からなくて、大木にとまるセミの如く、冬馬さんの胸にしがみついて固まる。

――今、冬馬さんはどんな顔をしているの？　冬馬さん、私は吊り橋なんか渡らなくても、ホラー映画を見なくても、あなたといると常にドキドキしてますよ。

その時、グイッと両肩を掴んで胸から離され、次の瞬間には柔らかい唇を押し付けられる。

――あっ！

頬にサラリと触れる彼の黒髪から漂うのは、この六日間で覚えた、冬馬さんのシャンプーの香り。

外出の時にはオーストラリアブランドの香水を付けている彼の、このシトラスハーブの香りを嗅げるのは、一緒に家にいる私だけだ。

長めの口づけのせいなのか、ハーブの香りに酔ったのか……気持ち良くて頭がぼ～っとする。

唇から全身に伝わる快感に身を委ねていると、ゆっくり顔を離される。私はトロンと目を開けた。

「……ごめん」

「えっ？」

冬馬さんは気まずそうに顔を背ける。

「やっぱりホラーはやめておこうか。コメディーにする？」

そう言って別のＤＶＤに入れ替え始めた。

――どうして謝るの？　キスしたことは……間違いだっていう意味ですか？

ファンファーレと共に軽快な音楽が流れ始め、次の映画が始まる。

だけど、とても楽しめそうにない。

――駄目だ、なんだか泣きそう……

「私……夕食の準備をしてきますね」

「あっ、桜子ちゃん！」

冬馬さんは私の名前を呼んだものの、立ち上がりはしなかった。

私は顔を伏せたまま急いでキッチンに向かい、シンクに両手をつく。

――こんなのって……

始まりが同情からであっても、二人の時間を重ねていくうちに夫婦らしくなれると思っていた。

アパートでキスされて、少しは好意を持ってくれているんじゃ……なんて期待して、だけど寝室は別々でガッカリして……

――どうして、今またキスしたの？

どうしてそんなに辛そうな顔をするの？

さっきのは……ただの吊り橋効果による勢いですか？

私は大きく深呼吸して、涙が出るのをかろうじて堪えた。

その夜のディナーは、とても味気ないものだった。

プチトマトとクルトンを添えたシーザーサラダも、オードブルのサーモンマリネもエッグファルシも、午前中からコトコトと煮込んであった牛タンシチューも全部、腕によりをかけて作ったはずなのに、舌が麻痺したみたいに味が分からない。

冬馬さんが気を遣って料理を褒めてくれて、私が笑顔で返す。だけどその会話はぎこちなく、酷く上滑りしていた。

「あっ、後片付けは俺が」

私がお皿を持って立ち上がると、冬馬さんがそれを奪ってシンクへ運ぶ。

「でも、今日は冬馬さんに休んでもらうために……」

「十分休ませてもらったよ。料理も美味しかった。ありがとう。俺は洗い物を食洗機に放り込んだら少し書斎で調べ物をして寝るから、君もお風呂に入って休むといい」

「……はい、ありがとうございます」

袖まくりして食器を予洗いし始めた彼の後ろ姿を暫(しばら)く眺めて、私は自分の部屋に着替えを取りに向かった。バスルームでシャワーを浴びつつ、自分がこれからどうすればいいのか、どうすべきかを考えてみる。

冬馬さんは優しいし義理堅い人だ。きっと自分からは、この結婚の解消を言い出せないだろう。

——だとしたら、私から言う以外、冬馬さんを自由にしてあげることはできない……

私はそれに耐えられるのだろうか。

兄の遺言で強制的とは言え、幼い頃からずっと好きだった相手と結婚することができた。

一緒に住んで、すぐ近くで声を聞き、見つめ合い……キスもした。

好きなのは自分だけで、そこに冬馬さんの気持ちはないのだと分かっていても、嬉しくなってしまっている。

……と同時に、虚(むな)しさも感じていて……

「せめて最後に……」

駄目元で、気持ちをぶつけてみようか？

それで拒否されたなら、いっそ諦めがつくというものだ。

——これは最後の賭けだ。

冬馬さんに受け入れられなかったその時は、潔(いさぎよ)くこの結婚生活も冬馬さんも諦めて、彼を自由にしてあげよう。

冬馬さんにはもう十分に救ってもらったのだから……

一度そう決心してしまうと何だか気持ちがスッキリして、勇気が湧いてくる。

私はいつもより念入りに隅々まで身体を洗うと、湯船に入ってお湯にバシャンと顔をつけた。

冬馬さんの寝室で彼を待つ。時計の針は午後十一時半。

ドアをゆっくり開けて部屋に入ってきた冬馬さんが、彼のベッドの上に正座している私を見つけて足を止めた。

そのギョッとした表情から、彼の困惑がありありと伝わってくる。

それはそうだろう。

女性から夜這い(よばい)だなんて、はしたない女だと思ったに違いない。

だって、これは彼にとって、親友の遺言に従っただけの愛のない結婚。

独りぼっちになった親友の妹への同情……

だけど私は……

「冬馬さん……どうか私を、本当のあなたの妻にしてください」

――どうか私を……抱いてください。

3　初めての夜

白いバスローブ一枚だけを身につけ、ベッドの上で正座して三つ指をつきゆっくりと頭を下げると、部屋の中に沈黙が訪れた。

恥ずかしくて顔を上げられない。

息をするのも憚られるほど静かな空間に、パタンという音が響く。

たぶん冬馬さんが部屋のドアを閉めたんだろう。

続いて床を進む足音、そしてキッと椅子が軋む音。

「桜子ちゃん……顔を上げて」

静かに言われてゆっくり顔を上げると、目に飛び込んできたのは黒いガウンの背中だ。

冬馬さんは自分のデスクに向かって座り、パソコンの画面を開いていた。

――えっ？　そんな……こっちを向いてもくれないなんて……

拒絶するように向けられた背中に、自分はそこまで嫌がられたのかといたたまれなくなり、今すぐここから逃げ出したくなった。

だけど、振り絞った勇気はもう残量ゼロだ。ここで諦めたらその次はない。

どうせ駄目になるのなら、何も言わずに逃げるよりも当たって砕けるほうがいい。

そう考えていると、冬馬さんが話しかけてきた。

その顔はパソコンの画面を見つめたままだ。

「桜子ちゃん、こんな時間に男の部屋の……それもベッドの上にいるって、どういう意味か分かってやってるの？」

「……はい、分かってここに来ました」

低い声音が微かに怒りを孕んでいて、答える私の声は思わず小さくなる。

――軽蔑……された？

カッと顔が熱くなる。

自分の声が力なく震えているのが分かった。

「自分の部屋に帰ったほうがいい。今ならまだなかったことにできるから」

「嫌です！」

思わず正座を崩して前に身を乗り出す。

「桜子ちゃん、だから……っ！」

バッと振り返った冬馬さんが、私を見てすぐに顔を逸らした。

えっ？　と思って自分を見ると、ベッドに両手をついて前屈みになっていた私のバスローブがはだけて、胸元や太腿が露わになっている……

――わ～っ！　何やってるの、私！

慌ててバッと前を合わせ、着崩れを直す。

「あの……お見苦しいものをお見せしまして……失礼しました」

けれど、冬馬さんは私の言葉に目をキョトンとさせた後、「ハハッ、お見苦しいもの……って……ハハハッ！」と、背中をククッと震わせ椅子の背もたれに後頭部を乗せて大笑いする。

――わっ、笑われた！　胸を見られて笑われたっ！

一世一代の勝負をするはずが、自分の大失態のせいで空気が変わってしまった。

――最低……大失敗だ。

ガックリ肩を落としていると、冬馬さんが椅子をクルッと回して立ち上がり、こちらに歩いてくる。ギシッとベッドに腰掛け、私の頭を優しく撫でた。

「桜子ちゃん、無理しなくたっていいんだ。俺は君と結婚できただけで十分だし、そういう行為をしなくたって、君を嫌いになったりしない」

「違います！」

叫ぶように言うと、冬馬さんがビクッとして手を止めた。

「私はただ、冬馬さんともっと近付きたくて……。冬馬さんが兄に義理立てして結婚してくれたというのは分かっています。これ以上を望むのは贅沢だっていうことも……。でも、きっかけは遺言で仕方なくでも、結婚した以上は心を通わせて、本当の夫婦になれたらって……」

「義理立てって……俺はっ！」

「どうしても私じゃ駄目ですか？　ほんの少しでも、私に愛情を持つことはできませんか？　今が駄目なら、今後その可能性は……あっ！」

最後まで言い切る前に、冬馬さんの胸にグイッと顔を押し付けられる。

息が苦しいのは、冬馬さんの厚い胸板に顔を押し付けられているせいだけじゃない。

とうとう気持ちをぶつけてしまった恥ずかしさと、それに対する冬馬さんの反応が怖くて不安で……物音一つ立ててはいけない気がして、私は彼の腕の中で縮こまり、浅い呼吸を繰り返す。

「……君はズルいよ」

「えっ？」

急に頭上から降ってきた声は少し掠れていて、そしてなんだか辛そうだ。

「湯上りの上気した肌でそんなことをするなんて……襲ってくれと言っているようなもんだ」

「……襲ってほしくて来たんです」

「…………っ！」

不意に両肩をグッと掴まれた。顔を上げると、冬馬さんの熱を帯びた瞳が思いのほか近くにあってドキッとする。

「嫌なら言ってくれ……今ならまだ理性で抑えられるから」

「そんなことは言いません。だって……私達は夫婦になったんですよね？」

私のその言葉に、冬馬さんの瞳の奥がユラッと揺れた気がした。

だけど私がその理由を確かめる前に、彼の手のひらが優しく頬を撫で……もう何も聞けなくなった。

「本当に……後悔しない？」

「しません！　絶対に！」

後悔なんてするはずがない。

目の前にいるのは私の初恋の人で恩人で、ずっとずっと大好きで……そして私の夫なのだから。

「あの……冬馬さん、何も知らないふつつかものですが……どうかよろしくお願いします！」

「……ったく、君はっ！」

勢い良く背中を抱き寄せられ、次の瞬間には唇が重なっていた。

ビックリしてギュッと目を閉じると、片手で後頭部をグイッと押し付けられて口づけがより深くなる。

「ふ……はっ……」

息継ぎができなくて、一瞬口が離れた隙に急いで息を吸う。そこに再びキスが降ってきた。

——あっ……

開いた唇から舌が入り込み、口の中を這い回る。

今までのキスとは全く違う、官能的で生々しい口づけ。

口蓋を舌先でなぞられ、ゾクゾクッとした感覚が全身を駆け巡って足先がビクッと跳ねた。

「ん……ふっ……」

冬馬さんの形のいい唇は、角度を変え執拗に私の口を喰み、覆い尽くして離れようとしない。

その動きに応えるように恐る恐る舌を絡めると、冬馬さんの手が一瞬ピクッと止まった。その後はますます力が入り、痛いほど強く抱き寄せられる。

キスが首筋へ移り、彼の右手が私の襟元をグイッとつかむ。次の瞬間にはバスローブが再びはだけ、私の肩と背中が露わになった。

肌が直接空気に触れ、自然と身体が強張る。

前の結び目を解かれると白い布地がスルッと落ち、とうとう私は一糸纏わぬ姿になった。

「あっ……」

思わず小さく声を上げた私を、鎖骨のあたりから冬馬さんがチラッと見上げる。

その瞳はゾクッとするほど色っぽく、今まで見たどの冬馬さんの顔とも違っていて……

――怖い……だけど嫌ではない。むしろ……

未知なるものへの恐怖よりも、愛する人に身を委ねたい衝動のほうが勝った。

覚悟を決めてそっと目を閉じると、瞼に短いキスが落とされる。そのまま二人一緒にゆっくりとベッドに倒れ込んだ。

こんなに心臓の存在を意識したことなんて生まれて初めてだ。まるで全身が心臓そのものになったみたいに、ドクンドクンと激しく脈打っている。

痛くて苦しい。苦しくて、怖くて……期待している。

頭のてっぺんから足先までカッと熱い。たぶん今の私は真っ赤になっていることだろう。

恥ずかしさと緊張でギュッと固く目を閉じると、瞼の上に唇が一瞬だけ触れた。次に耳朶を軽く喰まれペロリと舐められる。

「あっ……ん……」

不意に漏れた自分の声の甘ったるさに驚く。慌てて両手で口を覆ったけれど、すぐに手首を掴んで口元から引き離される。

思わず目を開けたそこには、至近距離で私を見つめるアーモンド型の瞳。

薄くて形のいい唇が、「怖い？」と聞いてきた。

その表情には期待と不安と欲望の色がない混ぜになって浮かんでいて、私は慌てて首を横に振る。

「いいんです……冬馬さんだから、大丈夫……」

怖くないと言ったら嘘になるけれど、そんなことを言えば途端に冬馬さんが背を向けて部屋を出ていく気がした。

私は顔の両側に押さえ付けられている腕から力を抜き、精一杯微笑んでみせる。

「どうか……私を冬馬さんのモノにしてください」

「桜子ちゃん……君はっ……！」

何故か冬馬さんがグニャッと泣き笑いしたように見えたけれど、気のせいかもしれない。

彼がゆっくりと瞬きして長い睫毛をバサリと上げた時には、その瞳に男の色気と欲情が色濃く浮かんでいるだけだった。

チュッと短いキスが落とされたのと同時に、私の手首から彼の手が離れていく。

離れた大きな手のひらはそのまま私の腕を伝い、肩を丸く撫で、鎖骨のあたりで一旦止まる。

だけど躊躇したのはほんの一瞬で、すぐにスルリと胸へ滑り落ち、形を確かめるかのように膨らみを包み込み、揉みしだく。

「は……んっ……」

　私が吐息を漏らすのを確認すると、左手はそのままに、右手は胸の先端を指で挟み込んでクリクリと弄り始めた。

「あっ……やっ！」

　先端を指先でキュッと摘まれた時にはもう耐えきれなくて、鼻にかかった声が出る。

　それを合図に冬馬さんが胸に顔を埋め、鼻先を擦り付けた。右手はずっと動き続けている。

　彼は胸の膨らみの頂上にある小さな突起を口に含み、舌でレロレロと転がす。吸って、また舐められた。

　次々と与えられる快感の波状攻撃に、胸だけでなく子宮のあたりもキュッとなる。思わずモゾリと両膝を擦り合わせた。

　気づくと彼の右手が太腿をさわさわと撫でていて、そこから内股に滑り込んだと思うと、恥ずかしい場所を下から上へ中指でスッと擦り上げる。

「やっ……ああっ！」

　思わず内股に力が入り、足の指をキュッと丸めた。そこを誰かに触れられるなんて生まれて初めてだ。こんな感覚も勿論初めて。

「脚……そんなに固く閉じないで。優しくできないから」

　言われておずおずと脚を開くと、冬馬さんは満足そうにフッと微笑み、再び胸に舌を這わせ始める。右手の中指がさっきよりも激しく割れ目を擦り出した。

今までに何度も見惚れたことのある長くて綺麗な指なのに、初めて出会った未知の生き物みたいに私の身体をとても器用に這い回り、ナカから女の部分を暴いていく。

「あっ……ふ……んっ……」

花弁に割り入った指が何度もソコを擦り上げるうちに、ゾクゾクとした感覚が全身に広がる。粘着質な音が増すたびに、指の動きがスムーズになってきた。

そういう経験がない私にだって分かる。私は今、感じて、そして濡れているんだ。

グチョグチョと卑猥な音が聞こえてくるようになると、冬馬さんはその濡れた指で少し上にある小さな蕾にクルリと触れた。

今まで以上の強い刺激。ビリッと電気が流れたみたい。

「やっ……あんっ……」

「大丈夫？　強すぎる？　痛くない？」

「だいじょ……ぶ……」

大丈夫だ。強すぎも痛くもない。むしろ、もっと……

――ああ、私はもっと続けてほしいと思ってるんだ……

初めて感じる下半身の疼きが、この先を強く求めている。小さく灯った火種が、激しく燃焼したくて燻っているような……

そんなことを考えている間にも、彼は蕾を愛で続けた。指の腹で撫で、軽く圧を加えながらクニクニと捏ねくり回して、刺激を与えられる。

谷間を擦り上げ、溢れた蜜を掬い取り、また蕾に塗りたくり、ツルリと指を滑らせた。

私の中から溢れているものが、彼の指に纏わり付いている。そう思うだけで恥ずかしくて仕方ないのに、快感が思考を奪う。

「あっ、あんっ！　気持ち……い……」

——やだっ、私は今、なんて……!?

バッと右手の甲で口を覆うと、「口を塞がないで」と間髪容れずにその手を退けられた。

「ここ……気持ちいいの？」

クルクルと愛撫を加えられながら優しい声音で聞かれ、カッと首筋まで熱くなる。私はどうにか首を縦に動かす。

「桜子……好きだ。お前の全身を可愛がりたい……いい？」

くぐもった声で囁かれ、言葉の意味を咀嚼する余裕もなく再びコクコクと頷いた。直後、宣言そのままに、彼はその舌を全身に這わせていく。

突然、両脚をグイッと左右に開かれ、目を瞠る。ちょうど彼の顔が股の間に沈んでいくのが見えた。

——えっ、嘘っ！

「冬馬さ……やっ、ああっ！」

それは生まれて初めての快感と衝撃。

彼の顔が見えなくなったと思った次の瞬間には、ソコをザラリと舐め上げられていた。

慌てて脚を閉じようとするものの、彼の頭に阻まれてどうすることもできない。

割れ目に舌が差し込まれペチャッと粘着質な音がした途端に、自分の中から何かが溢れ出すのが分かった。

「ああ……っ」

それを待ってましたとばかりに彼の舌が掬い取り、ジュルリと味わい舐め尽くす。

「ここ……あまり弄ってないんだね。綺麗なピンクだ」

「そんな……」

そんな恥ずかしいことを聞かないで……そう言う前に、「剥くよ」という言葉が耳に飛び込んできた。

——剥く？　何を？

だけどそれは聞くまでもなかった。

両手でパックリとソコを開き覗かれ、その奥に隠れていた花芯を舌先でチロチロと、文字通り丁寧に『剥かれて』いくのが、何も見ずとも感じられたから。

「やっ、あっ……んんっ！」

舌の先端が中心に触れるたびにビクンと腰が跳ね上がり、高い声が出る。

「ああ——っ！」

完全に剥き出しになり尖り切った花芯を、彼が口に含み音を立てて吸い上げた。その途端、私の身体は大きくのけ反り、ガクガクと腰が震え出す。

電気が流れたと思うような強い刺激。今吸われたソコをビクンビクンと痙攣（けいれん）させながら、私はだらしなく股を開き、波紋のように広がる快感に身を委（ゆだ）ねていた。

絶頂の波がゆっくりと引いていくと、次は激しい疲労感と脱力感に襲われる。

――こんなの……初めて。

テレビドラマや小説なんかでそういうシーンを目にすることはあったし、友人達の体験談からある程度の知識はあるつもりだった。

だけど、実際の行為は自分の想像を遥（はる）かに超えていた。想像以上に卑猥（ひわい）で恥ずかしくて……そして息も詰（つ）まるような快楽をもたらす。

「桜子ちゃん……大丈夫？」

ぼんやりと思考の波を漂（ただよ）っていると、いつの間にか隣で冬馬さんが枕に片肘をつき、私の顔を覗き込んでいた。

細められた瞳はどこまでも甘く、額（ひたい）に張り付いた私の髪を長い指でそっと掻き上げてくれる。

「イっちゃったね。気持ち良かった？」

「あ……はい」

――イっちゃったね……って！

顔がカーッと熱くなる。

誰かの前で裸になるだけでも勇気がいるのに、あんな場所を曝（さら）け出（だ）して、その上、冬馬さんの指と舌で達してしまった。

「あのさ……今日はもう駄目かな？」

「えっ？」

「今のだけでも凄く疲れてるみたいだから、嫌なら無理にとは言わないんだけど……」

黙って右手を取られ、そっとある一点に充てがわれる。

——あっ！

スウェットを穿いている冬馬さんの股間部分が大きく張り出し硬くなっていた。

そこから自分の手を動かすわけにもいかず、摩りも握りもできずに固まる。

「俺のコレを……君の中に挿れられたら嬉しいんだけど……」

見上げると、彼の瞳が熱っぽく潤み、頬には赤みがさしている。

少し困ったような照れたような表情が、少年みたいだ。途端に、胸の奥から愛しいという気持ちが溢れてきた。

この感情を『母性』と呼ぶのだろうか。

八つも歳上の男性を可愛いだなんて思うのは失礼なのかもしれない。

だけど今の私は、彼を喜ばせてあげたい、この表情から不安を取り除き、全てを包み込んであげたい……なんて考えているのだ。

「いいです……よ。私も冬馬さんのコレを……私の中に挿れてほしいです」

スウェットの下で窮屈そうにしている漲りをそっと摩ると、ソレは私の手の下で熱を持ってビクンと跳ねた。

「うわっ、ヤバい！　久し振りだから、すぐにイっちゃいそうだ」

——久し振り……本当に？

その言葉に一瞬だけ水口さんの顔が浮かぶ。けれど、それを深く考えるより先に冬馬さんの右手が私の下腹部に伸びてきた。

「痛くないのは無理だろうけど……なるべく優しくする。ここを十分に解して、トロトロにしてから挿れるからね」

そう言うと身体を起こしてバサッとスウェットの上下を脱ぎ捨て、再び私の脚の間に入り込む。

今度は性急に、いきなり蕾にむしゃぶりついてきた。ジュルッと水っぽい音をさせて小さな粒を舌で舐め、転がし、強く吸い上げる。

「あぁぁっ！」

ついさっき達したばかりのソコは全神経が集中したみたいに敏感で、一気に攻められると呆気ないほどすぐにビクビクッと震え出す。

絶頂を迎えた後の愛撫は拷問だ。

なのに、あっという間に達した私が腰を引こうとしても、冬馬さんが両手で太腿をガッチリ抱え込んで離さない。

「やっ！　……ん……ああっ！」

尚も舌でペロペロと攻められてビクンビクンと痙攣を繰り返していると、その下の割れ目に指が侵入してきて、ヌルリと入り口を掻き回した。

「嫌っ、あっ！」

そこが十分に濡れそぼっているのを確認し、長い指がゆっくりと蜜口に差し込まれていく。クチュッと卑猥(ひわい)な音がした。

彼は浅いところで指をくの字に曲げ、何かを探るように膣壁を撫(な)でる。

「ああっ、ソコは駄目！　なんだか変になっちゃう！」

「ここが桜子のイイ場所か……」

私の腰が跳ね上がり大きく反応したのを認めると、冬馬さんはソコを徹底して攻めた。クチュクチュという音と共に指が激しく出(だ)し挿(い)れされ、そのたびに悲鳴が上がる。

「嫌ぁ、もう駄目！　イっちゃったからっ！」

「凄(すご)い締め付けだな。桜子の中が俺の指を離さない」

そう言いながら指をもう一本追加して、今度は隘路(あいろ)のさらに奥深くまで侵入してきた。奥のほうをグニュリと掻き混ぜ、引き抜く直前で敏感な部分を擦(こす)り上(あ)げ、またズブリと挿(さ)し入(い)れを繰り返す。

自分の膣の中が激しく蠕動(ぜんどう)し、彼の指を呑み込んでいるのが分かった。

苦痛が快感になり、絶頂に達してまた苦しくなり……激しいアップダウンを繰り返しているうちに、何も考えられなくなる。

私は口元をだらしなく開き、ただひたすら喘(あえ)ぎ声(ごえ)を漏らす。

「挿(い)れるよ」

その言葉に、朦朧(もうろう)としながらもそっと目を開けると、上半身を起こした冬馬さんが避妊具を被(かぶ)せた屹立を私自身に充てがっているところだった。

暫くは入り口のあたりに鈴口を擦り付け、ヌメヌメと滑らせては蕾を刺激する。それを数回繰り返した後で、ズブリと先端を挿し入れた。

「うぅっ……あ……痛っ……！」

まだ奥までは到達していないはずなのに、数センチ挿れられただけで中をミシミシッと無理やりこじ開けられるように痛い。まだこの先があるのかと思うと、最後までするのが途方もなく長い道のりに思えて泣きたい気分になる。

その時、ゆっくり身体を重ねてきた冬馬さんが啄むようなキスと共に、「大丈夫だから」と耳元で囁いた。

「桜子……愛してる。ゆっくり進むから……口で呼吸して、頑張って……」

「……はい」

「俺につかまって。辛かったら爪を立ててもいいし、噛んだっていいから」

「はい……」

私を気遣う優しい言葉。そして耳元で囁かれる『愛してる』が、身体と心の強張りを解いてくれる。

私は彼の背中に腕を回し、そっと目を閉じた。

冬馬さんは言葉通り、浅く腰を振り、ゆっくり、ゆっくりと奥へ進んでいく。

間に私に口づけて、チュッとリップ音をさせては腰を揺らした。その優しさが堪らなく嬉しい。

「くっ……狭いな……桜子、奥に進むよ」

ミシッと引き裂かれるような感覚と激しい痛み。無我夢中で彼の背中に手を回していたら、不意に動きが止まった。

「頑張ったね……全部入ったよ」

「入った？」

薄ら（うっすら）と目を開けると、額（ひたい）にビッショリと汗をかき、フワッと柔らかい笑顔の冬馬さん。

人差し指でそっと目尻を拭（ぬぐ）われ、知らずに自分が涙を流していたのだと気づく。

「ごめん、辛（つら）いよな……」

そう言われてふるふると首を横に振る。

違う。痛いけれど、辛（つら）くなんかない。これは嬉し泣き。大好きな人と漸（よう）く結ばれた喜びの涙だ。

「俺を受け入れてくれてありがとう。嬉しいよ」

ギュッと抱き締められ、お互いの汗ばんだ肌がピッタリとくっつく。

今の私達はゼロ距離だ。それがひどく私を感動させている。

——だけど……

「まだ終わってないんですよね？」

「えっ？」

「冬馬さんは……あの、まだイってないですよね？」

下腹部に感じる苦しいほどの圧迫感と質量は、彼のモノが滾（たぎ）ったままだということを伝えている。

「ああ、俺はいいんだ。今日はこれで十分……」

「動いてください」

「えっ!?」

「私は……その、気持ち良くしてもらったので……冬馬さんにも気持ち良くなってほしいです」

「だけど……」

「私なら大丈夫です。私の身体で冬馬さんに喜んでもらいたいので……お願い、もっと……」

その刹那、冬馬さんが天井を仰いで「くそっ！」と小さく呟いた。腰を大きくスライドさせて、ズン！　と奥まで突き上げてくる。

「あっ！」

「桜子ちゃん……そんな殺し文句……どこで覚えたの？」

腰を回して奥をグリグリと攻めながら、冬馬さんが話し掛けてきた。

「そんな……つもりじゃ……あうっ！」

ズルリとギリギリまで引き抜き、もう一度勢い良く挿し込まれる。

再びもたらされる激しい痛み。

剥き出しの傷口を熱した太い棒でズンズンと突かれているみたい。

「計算じゃなきゃ……魔性だな。そんな言葉……俺以外に……言っちゃ駄目だ。いいね？」

「んっ……ふ……私は……冬馬さ……だけ……」

「少し速くするよ」

急に抽送が速められ、痛みに顔をしかめると、冬馬さんがクリクリと蕾(つぼみ)を弄(いじ)り始(はじ)めた。

「コッチに意識を集中させて」

揺れる腰の動きにシンクロするように入り口の小さな粒をクニュクニュと捏(こ)ね回(まわ)す。

奥の激しい痛みと、外からもたらされる快感。

身体の奥から喜びの愛液がトロトロと溢(あふ)れてくるうちに全ての感覚が混ざって一つになって、最後には快楽と歓喜が残った。

「ああっ！　イイっ！　駄目っ、イっちゃう、イっちゃう！」

「いいよ……一緒にイって」

「嫌っ！　ああっ、冬馬さん！」

「桜子っ！」

「冬馬さ……あっ……ああっ！」

そこからはもう言葉にならなかった。

激しく腰を打ち付けられ、内側から何かがゾワゾワと迫(せ)り上(あ)がってくる感覚に身体をのけ反(ぞ)らせる。汗ばむ背中に回した手にさらに力を入れた。

聞こえてくるのは二人の息遣いと淫靡(いんび)な音、生まれて初めて聞く自分の嬌声(きょうせい)。

雷のような光の矢が身体の中心をビリリと貫(つらぬ)く。

一層高い声を張り上げた瞬間、目の前が真っ白になって、私の意識は眩(まばゆ)い光の中に吸い込まれていった。

ぼんやりと薄目を開けると、ブラインドの隙間から、微かに明るい光が差し込んでいるのが見えた。

――ん……朝？　何時？

なんだか頭がボンヤリして、身体中が気だるくて……もう少し、このまま微睡んでいたい。ゆっくりと目を閉じるとコーヒーの香りが鼻腔をくすぐり、ああ、やっぱり朝なんだ……と思った。

――今日も冬馬さんはコーヒーだけ飲んで出勤なのね……

「冬馬さんっ！」

その名前が浮かんだ途端、一発で目が覚めて、私はガバッと跳ね起きる。

――えっ？　ここは……

馴染みのない景色に周囲をキョロキョロ見回したところで、自分の置かれている状況を把握した。

それと同時に、昨夜の出来事もハッキリ思い出して……

「やだっ、私……」

昨夜、おうちデートの失敗で思いつめた私は、事もあろうに冬馬さんの部屋に入り込んで、自分から迫ったんだ。そしてその後、私達は――

自分の痴態を思い出すといたたまれなくなり、両手で顔を覆って俯く。

暫く後、掛け布団をバッと持ち上げて中を覗くと、乱れたシーツには確かに処女喪失の証がついていた。

そして下腹部に感じる鈍い痛みと違和感。

――私は本当に、冬馬さんと……

改めて思い返すと、自分でも思い切ったことをしたものだ。

だけどそうでもしないと、これ以上結婚生活を続けられないほど追いつめられていたのだ。

『最後の賭け』、そう決めて気持ちをぶつけた。

――私は……賭けに勝ったということなの？

確かに腰も身体の奥もだるくて痛いけれど、心が今まで味わったことのない満足感に満たされている。

私は今まで誰にも触れさせたことのないその場所を、自分の全てを……彼に、冬馬さんに曝け出したんだ。

そして冬馬さんは、それを受け入れてくれた。

――とりあえず、ベッドを出て『おはようございます』と挨拶すべきかしら。でも、何を着て？　バスローブ？　分からないから、まだ寝てるフリでもしてようか……

ベッドの上でグルグルと考えているうちにドアをノックする音が聞こえて、私は慌ててシーツを胸まで引っ張り上げた。

「はっ、はい！」

カチャッと音がしてドアが開き、冬馬さんが顔を覗かせる。

Ｔシャツにグレーのスウェットというラフな格好だ。きっとシャワーを浴びてきたんだろう、髪がしっとりしている。

冬馬さんは私と目が合うと、ふわっと柔らかく微笑(ほほえ)んでベッドサイドまで歩み寄った。ポスッとベッドに腰掛けて私の顔をじっと見ながら、額(ひたい)にかかった髪を優しく掻き上げてくれる。

「体調は……どう？　辛(つら)くない？」

「あっ、はい……大丈夫です」

「悪かったね。初めてだったのに、あまり手加減してあげられなかった」

「いえっ、あの……大丈夫です。冬馬さんは優しくしてくれたし……嬉しかったので」

恥ずかしくなって俯(うつむ)いたまま答えると、シーツを押さえている胸元の手をギュッと握られた。

「桜子……って、呼んでもいいよね？」

そう言って私の右手を自分の口元に運び、指先や甲にチュッチュと音を立ててキスをする。

唇が触れたところから昨夜の甘い余韻が広がる。

身体中に電気が流れたみたいにピリピリして、私はシーツの下で足をモジモジさせる。

片手を奪われた私は、左手でシーツを押さえたまま冬馬さんの顔をチラッと見た。

「私……昨日は無我夢中で途中からあまり覚えていなくて……。あの……冬馬さんは、大丈夫でしたか？」

「えっ、どういう意味？」

「その……私は冬馬さんみたいに経験豊富じゃなくて……ちゃんと満足してもらえたのかどうか……」

そこまで言ったところで、冬馬さんにガバッと勢い良く抱き締められる。

「とっ、冬馬さん？」

「……今日は午後から法律相談が二件あるけど、その後は裁判書類の起案をしようと思って……それは家でもできるから……その……すぐに帰ってきてもいいかな？」

「当たり前じゃないですか！　ここは冬馬さんの家なんですから」

「うん、それは分かってるんだけど……いや、そういうことじゃなくて……」

「えっ？」

私が彼の胸から顔を離して見上げると、冬馬さんは困ったような表情で、片手で自分の首筋を触ってから私の耳元に囁きかけた。

「昨日は最高だった……今夜も桜子を抱きたい……」

少し掠れたバリトンボイスで言われて、耳も首筋もカッと熱くなる。

「あっ！　……あ、はい……よろしくお願いします……」

昨夜の行為を思い出して、しどろもどろで答えると、顎をクイッと掴まれキスされた。

冬馬さんはチュッチュッと軽い音をさせて上唇と下唇を交互に啄む。すぐに舌が唇を割って口内に侵入してきた。上顎の裏をレロッと舐め上げて私の舌を絡め取り、ジュッと吸い上げる。

「はっ……ん……っ」

チュッと水っぽい音を立てて口から離れ、次いで、頬、首筋、そして鎖骨に唇が移ったところで、

「ふっ……駄目だな。タガが外れた。止まんないや」と、くぐもった声が聞こえてきた。

「あ……んっ……」

冬馬さんの吐息がくすぐったくて身をよじったその瞬間、手のひらが胸を柔らかく揉み始め、思わず声が漏れる。

「と……ま……さん、さっき、今夜……って……」

「ん……ごめん、訂正。今も今夜も……何度でも桜子を抱きたい」

乳首をクルリと指の腹で撫でられる。

「んっ……ふ……」

「いいだろう？　桜子を可愛がりたい」

――そんなの……

愛する人に抱かれる喜びを知ってしまった私が……この誘惑に抗えるはずがない……

冬馬さんは私の返事を待つことなくそっとベッドに押し倒し、チュッと触れるだけのキスをして、またその唇をすぐ胸元に移した。

私に覆い被さり、胸をギュッと鷲掴みにしてその先端に舌を這わせる。ペロリと丸く乳首の周りを舐め回し、時折ピンと舌で弾く。

そうされると、吐息と共に「あん……」と鼻にかかった声が私の口から漏れた。

そうしている間に、彼の右手は身体のラインをなぞりながら下半身へ向かう。指先が太腿の間に滑り込み、そっと脚を開かせた。

「や……あっ！」

「痛い？　辛かったらそう言って」

「いえ、痛くは……」

――というよりも、むしろ……

蜜口に挿し込まれた指は、いきなりにもかかわらず、ヌルリと奥まで呑み込まれていく。指の動きに合わせてヌチャッと濡れた音がする。

朝の明るい寝室が、いきなり淫靡な空気に切り替わった。

「もう感じてるね。昨夜のことを……思い出した？」

「いや……恥ずかし……ああっ！」

「恥ずかしくなんかない。もっと感じて、甘い声を聞かせて」

指を一本増やしてヌチュヌチュと中を掻き回されると、またしても奥から愛液が溢れてくる。

冬馬さんの指の動きは激しくなり、ゾクッと何かが迫り上がってくる感覚があって、もう何も考えられなくなった。

彼の指先から与えられる喜びに身体をのけ反らせて喘いでいると、蕾を親指でクニュリと捏ねられる。

「ああっ！」

ビクンと腰を浮かせて達したのを見て、冬馬さんがズルリと指を引き抜く。

「……可愛い。ココがピクピクしてる」

薄らと開けた目には、恍惚とした表情で股の間を覗き込む冬馬さんが映っている。だけど朦朧とした頭には、羞恥心(しゅうちしん)も危機感も残っていなかった。

　私はだらしなく脚を開いたまま、肩で呼吸を繰り返す。

「まだだよ」

　そう言われて頭を少し上げて見下ろすと、脚の間で膝立ちになって自分のスウェットと下着を同時に引き下ろす彼の姿。

　そこからブルンと飛び出した屹立(きつりつ)は、既(すで)に血管が浮き上がり天井に向かってそそり勃(た)っている。

「嘘っ！」

　思わず大声が出た。

　――あんなに立派なモノが私の中に!?

　昨夜は無我夢中だったけれど、改めて見た彼の漲(みなぎ)りは太さといい長さといい、とても自分のソコに入りきる代物(しろもの)ではないと感じる。

　一度受け入れていることも忘れて恐怖に慄(おのの)いていると、彼は自分のモノを右手で握り締め、先端を私の割れ目に押し付けた。

　それはすぐに私の愛液で覆(おお)われ、ヌルヌルと滑り出す。

「ひゃっ、あっ！」

　時折、鈴口で蕾(つぼみ)をグニュリと押さえ付けられる。そのたびに何とも言えない甘えたような声が出てしまう。

　それを繰り返されているうちに恐怖心なんて吹き飛んで、代わりに子宮のあたりからジワジワと甘い疼きが湧き上がる。それが爪先まで広がっていった。

——欲しい。

今すぐにコレを挿れてほしいと思った。無意識に誘うように脚をすり寄せ腰が動く。

その反応に満足したのか、冬馬さんは目を細めてフッと口角を上げると、動かしていた右手を止めて割れ目の中心にソレの位置を定めた。

「挿れるよ」

ズブリと挿し入れられた途端、ズンとした圧迫感と痛みが襲ってくる。

つい数時間前に処女膜を破られたばかりの内側は、まだ痛みに敏感だ。

「まだ……狭いね。まるで俺のを拒んでるみたいに抵抗してくる」

私の腰に手を添え、冬馬さんが苦しそうにゆっくりと腰を進める。

受け入れたいのに、痛みでグッと力が入ってしまう。自分でも分かっているのにどうにもコントロールできず、申し訳なさが募る。

「ごめ……なさい……私、上手にできなくて……」

すると冬馬さんは私の上に身体を重ね、額に、鼻に、そして唇にそっと口づけを落としてから、コツンと額をくっつけた。

「どうして謝るの？　俺は桜子とこうなれて幸せで仕方ないのに……。桜子は何もしなくていいから、ただ俺を受け入れて。ゆっくりでいいんだ、二人で一緒に気持ち良くなろう」

その言葉が嬉しくて、頬が震え出す。

冬馬さんは唇で私の涙を拭うと、優しく微笑んでキスをし、ギュッと抱き締めてくれた。

唇を吸い、舌を絡ませ、お互いの吐息と唾液が混ざり合うような濃厚な口づけを交わしながら、冬馬さんはゆっくりと私の身体を解していく。

暫くすると子宮にズンと突き当たる感覚があって、とうとう奥に到達したのだと分かる。

「動くよ」

冬馬さんがゆっくりと腰を回すと同時にそこからブワッと快感が迫り上がり、思わず「あっ」と上擦った声が出た。

「気持ちいい？」

「……はい」

「そう……良かった……」

「冬馬さん……は？」

「俺？　……最高。桜子の中がギューギュー締め付けてきて、もう持ってかれそう」

「えっ、持ってかれ……？」

「あっ、ほら、またギュッて締まった。ヤバい」

「えっ？」

「うわっ、また！　もう駄目だ。一回イくよ」

冬馬さんが上半身を起こしてベッドに両手をつき、大きなグラインドで攻めてくる。

「ああっ！　嫌っ、駄目！」

荒い息と共に抽送が速められ、自分が一気に昇り詰めていくのが分かる。

「嫌っ、イっちゃう！」

「いいよ、イって。俺も……イくっ！」

身体の一番奥で熱いものが弾けた。強く抱き締められながら、自分の中で彼のモノがビクンビクンと拍動しているのを感じ、この上ない幸福感に包まれる。

額にチュッとキスを落とされた後身体が離れ、ナカからズルッと冬馬さん自身が出ていく。急に寂しいような心許ないような気持ちになる。

それでも思い切り愛された満足感を感じ、シーツを胸まで引っ張り上げたところで……私はとんでもないものを目にした。

「冬馬さん、それは……」

背中を向けて事後の処理をしていた冬馬さんが振り返ると、再びいきり勃っている男性自身と、新たに被せられた避妊具。

「桜子、もう一回」

「嘘っ！」

動揺したのも束の間、勢い良くシーツを剥がされ胸にむしゃぶりつかれ……私は再び快感の波に身を委ねたのだった。

4　冬馬の気持ち　ｓｉｄｅ冬馬

日曜日にもかかわらず本日二人目の法律相談を終えると、俺、日野冬馬は自分のデスクに戻り、パソコンにパチパチと相談内容を打ち込んでいった。ふとキーボードに置いた手を止めてその指先を見つめ、昨夜からの自分の行動を反芻する。

――俺はこの手で、彼女を……

真っ白いシーツに広がった、艶やかで長い黒髪。

服を脱がせて初めて分かる、豊満な胸の膨らみ。

そこから見事にくびれたウエストを経て、丸みのあるヒップに続くなだらかで美しいライン。

その線をなぞるように上から下へと指先を動かすと、彼女の薄い唇から甘い吐息が漏れた。

白くてしっとりとした肌に手のひらが吸い付き、それは徐々に熱を帯びて薄らとピンクに色づいて……

『冬馬……さん……』

彼女の艶っぽい声を思い出し、腰がゾクッと震えた。

途端に股間に血液が集中するのを感じ、十代の中高生かよと、我ながら呆れはてる。

そして、思わずパソコンの前で頭を抱え込んだ。

「うっわ〜、やっちまったな……！」

全く大人げなかった。

親友が死の間際まで、大切に慈しんでいた妹。

彼の代わりに愛し守り抜くと誓った彼女の純潔を……とうとう自分の手で奪ってしまった。

『冬馬さん……どうか私を、本当のあなたの妻にしてください』

そう言ってベッドの上で三つ指をつく彼女を見た時にはもう……

彼女の指先の震えに気づいてしまった時点で既に……

口先でどう取り繕ってみたって、抗うなんて俺には無理だったんだ。

彼女はありったけの勇気を振り絞ったに違いない。大人しくて控えめな桜子にあんな真似をさせてしまったのは俺だ。

桜子のために取っていた自分の言動が、あそこまで彼女を追い詰めていたなんて……

背中を向けて立ち去るべきだったのかもしれない。だけどあんな風に揺れる瞳でひたむきに訴えられて、心を動かされないわけがないだろう？

自分に課していた誓いを一度破ると、後はもうどうしようもなかった。

彼女の柔らかい肌や甘い香りを知った身体は、彼女を見るだけで反応し、花の蜜を欲しがる蝶のようにフラフラと引き寄せられてしまうのだ。

――今朝だって……

本当は抱くつもりなんてなかった。

昨日初めての夜を過ごしたばかりの彼女に無理なんてさせたくなかった。

優しくいたわり、大人の余裕を見せたかったのに……

情事の余韻を残す気だるげな表情に、キスのしすぎで腫れぼったくなった唇のエロさといったら……

極め付きは、潤んだ瞳での『満足してもらえたのかどうか……』。あれは反則だろう？

そんなのめちゃくちゃ満足したに決まってるじゃないか。

……というか、頭の中で思い描いていたより何十倍もヨくて、ずっと彼女のナカに入っていたくて……我を忘れて行為に没頭した。

だからって、朝から二回も……というのは、昨日の今日でヤりすぎだと反省している。

それなのに、朝の光に照らされながら俺の手で乱れてヨガる彼女の肢体を思い浮かべると、ますます下半身がジンと熱を持ち痛みが強くなった。

「ヤバいな……今すぐ抱きたい」

ここまで来ると禁断症状だ。

もしも今、目の前に桜子がいたら、性懲りもなく押し倒して襲い掛かっているだろう。

全身に舌を這わせて隅々まで余すことなく味わいたい。思い切り奥まで突き上げて啼かせたい。

「俺って、こんなにセックスが好きだったっけ？」

これじゃあまるで、童貞を卒業したてでサカっている思春期ヤロウじゃないか。

俺は童貞じゃなかったし、高校時代からそれなりに経験は積んできているのに。

自分で言うのも何だけど、彼女に不自由したことはなかった。

――ただ、長続きしなかっただけで。

俺はそういう感情に疎いのか、恋愛というものを自分から始めたことがなかった。大抵は相手から積極的に迫られて付き合うようになり、そして向こうから振られる。

『優しくない』

『一緒にいてもつまらない』

そう言って去られるのがお決まりのパターーン。

バイトと勉強で忙しいから相手をしてやれないと最初に言ってあるのに、それを理由に文句を言われるのは理不尽だと思っていた。セックスだって特にシたいと思わなかったけど、誘われれば男の義務だと思ってちゃんと相手していたのに……

桜子と結ばれた今ならよく分かる。

あんなのは本当の恋愛じゃなかったし、俺が彼女達相手にしていた行為をセックスとは呼ばない。

あんなのはただ突っ込んで射精してただけだ。

本当のセックスは……一緒に気持ち良くなって昂まって、腰から下が痺れて蕩けて……思い出しただけでイきそうになるんだ。

――マズい……まさしく今がその状態。

だけど、そうなるのは仕方がない。

自分への誓いを破ったことに反省の気持ちはあるが、彼女を抱いたことは後悔していない。

一緒に住み始めて昨日で六日目。

我ながら、よく耐えたものだと思う。

好きな女と一つ屋根の下に暮らして、しかもベッドの上で潤んだ瞳で見つめられたら、手を出さないほうがおかしいだろう。

それが、長年ずっと恋心を秘めていた相手であれば、尚さら……

——そうだ、俺は桜子を心から愛している。何年も前から、ずっと。

それがいつからだったのかは自分でも分からない。

最初はただの可愛らしい『親友の妹』だった。

確かに、そうだったはずなんだ……


あれは、大学一年生の夏頃。初めて大志の家に行く前だった。

「お前だから打ち明けるけどさ……俺んち、連れ子同士の再婚なんだよ」

駅に向かう道すがら、前を向いたまま打ち明けられたのは、大志の実の母親は彼が三歳の時に病気で亡くなっていて、中三になる時に父親がクライアントだった女性と再婚したということ。

その女性には当時六歳の娘がいて、娘への暴力が原因でアルコール依存症の元夫とは別れたということ。

そして、その娘が桜子だということだった。

「妹……桜子がさ、男の大声が苦手なんだよ」

「大声？」

「うん、そう。大声っていうか……言い争いとか、怒気を含んだ声全般だな」

「それって……ＤＶの影響？」

「流石、入学生総代だっただけあって察しがいいな。その通り、暴力のせい。酔うと顔や頭を叩かれたり、身体を蹴られたりしてたらしい」

「……クソ野郎だな」

　俺がそう言うと、大志はまるで目の前でその光景を見てきたかのように顔を歪ませ、瞳に怒りを孕ませた。

「ああ、最低のクソ野郎だ。桜子は今でこそ肩をビクッとさせて身体を強張らせるくらいで済んでるけど、うちに来たばかりの頃はもっと酷かった。俺が頭を撫でようとするだけで、バッと両手で頭を覆うんだ。それで俺が困った顔をしたら、『ごめんなさい』って……」

　そこまで言うと、大志は声を詰まらせて一旦黙り込んだ。

　俺も何も言わずに黙って歩き続ける。

　暫くすると、大志はまたポツリポツリと義妹について語り始めた。

　初めて会った日は、母親の後ろに隠れて、チラチラ顔だけ覗かせていた。黒髪がツヤツヤしていて口が小さくて座敷童子みたいで可愛かった。

　桜子はＤＶの影響なのか、自己評価が異様に低い。そして、あまり自己主張をしなくて妙に悟ったような大人っぽいところがある。加えて、警戒心が強くて家族以外の男性に近寄ろうとしないから、自分だけに懐いてくれると思うと余計に嬉しくなってしまう……など。

最後に、「だからさ、とにかく可愛くて仕方なくて、俺が守ってやらなきゃ……って思うんだ」と言って、大志は笑った。

きっとあの時、アイツは桜子の笑顔を思い浮かべていたんだろう。だって、愛しくて愛しくて堪らないという感情が溢れている……そんな幸福そうな表情をしていたから。

そんな話を聞いていたせいだろうか、俺は桜子に初めて会った時、『父親から虐待を受けていた可哀想な子』という同情の目で見ていたと思う。

母子家庭で育った自分の境遇と重ねていた部分もあったのかもしれない。

『可哀想だから優しくしてあげなきゃ』

『大志の妹だから可愛がってあげなきゃ』

だけどそんな気持ちは、あっという間に吹き飛んだ。

「初めまして、桜子ちゃんだよね。大志にいつも聞かされてるよ、『俺の妹は世界一可愛い』って」

本当に可愛いと思ったから、お世辞でもなんでもなく本心を口にしただけなのに、彼女は無表情で固まった。大志が言っていた『自己評価が異様に低い』、『警戒心が強い』というのは本当らしい。

座敷童子とは思わなかったけれど、真っ直ぐな黒髪が白い頬にサラリと垂れると、人形っぽい美しさがあって確かに目を惹かれる。

——例えるなら日本人形だな……

ダボッとした白い長袖Tシャツにジーンズという少年っぽい格好なのに、その襟元から覗く細い首と浮き出た鎖骨が妙に艶っぽくて、少女と大人の狭間のような色気を感じてドキッとした。

そのくせ、テーブルの上をジッと見つめて居心地悪そうにしている姿はやはり幼く、庇護欲というか支配欲というか、『大志にするみたいに、俺にも慣れてほしい』という気持ちがむくむくと湧き上がってきたのを覚えている。

「桜子、大丈夫だよ。冬馬はパッと見、無愛想だけど、鬼じゃないから取って食いやしない」

「ふふっ、お兄ちゃん、鬼って……」

——あっ……

その瞬間、人形の顔が崩れて人間の表情になった。

彼女は座敷童子でも日本人形でもない。薄ら頬を染めた、一人の綺麗な少女だ。

あの時の感情を何て呼べばいいのか、自分でも未だに分からない。

ただ俺は俯く彼女の目の前に右手を差し出して、「噂通り本当に可愛い子だった。よろしくね、桜子ちゃん』と、普段なら恥ずかしくて口にしないようなキザなセリフを、なんの躊躇もなく吐き出していたんだ。


そしてあれは、俺と大志が二十八歳で、それぞれ別の弁護士事務所で新人弁護士としてキャリアを積んでいた時期。

その頃になると、俺はとっくに自分の桜子への気持ちを認識していたものの、大学時代は司法試験や司法修習試験の勉強でずっと忙しかったし、その後も研修で多忙な日が続き、正直それどころではないという状況だった。それが、漸くちょっとだけ心に余裕ができて、そろそろ自分の桜子への気持ちにちゃんと向き合ってみようと思っていた頃……事故が起きたのだ。

大志と桜子の御両親が交通事故に巻き込まれて亡くなったと聞いたのは、俺が仕事を終えて自分のスマホを確認した時だった。

『父さんと母さんが事故で死んだんだ……これから警察に行って身元確認してくる。悪いけど、桜子についててやってもらえないか』

留守番電話に入っていた大志の声は、低くて重苦しくて……少し掠れていたのを覚えている。

アイツのそんな声を聞くのは初めてで、メッセージの内容が冗談なんかじゃないってことがすぐに分かった。俺はすぐさまカバンを手に取り、エレベーターへ足早に向かいながらスマホ画面のアドレス帳を開く。呼び出し音が四回鳴って、「……はい」というか細い声。

返事があまりにも弱々しく小さかったから、最初はそれが風の音かと思った。

「桜子ちゃん……今、どこにいるの？」

「……冬馬さん」

「今、どこ？」

「警察で……お父さんとお母さんが事故で……」

最後のほうは震えてそのまま嗚咽に変わる。

「うん……大志から聞いた。俺も今すぐそっちに行くから」

ビルの前でタクシーに乗り込んで警察署の名前を告げると、背もたれにもたれて深いため息をついた。

——こんな残酷なことって……

大志は幼い頃に母親と死別し、桜子はＤＶ被害の末に両親が離婚している。

辛い経験をしたもの同士が家族になり、大志も父親と同じ弁護士になって、これからもっと幸せになろうっていう時に……

何かと親切にしてくれた八神夫妻の顔を思い浮かべると、他人の自分でさえこんなに辛いんだ。遺された二人の胸中を思うと悔しくてやりきれない。

桜子は、遺体安置所の前の廊下で長椅子に座ってうな垂れていた。

遺体の破損が酷かったため、身元確認は大志だけで行っているという。

彼女の頬を流れる涙を見た途端、胸が苦しくなって、それまで考えていたお悔やみの言葉もかけられなかった。

俺は黙って彼女の隣に座り、震える肩に手を回す。

そこで桜子は漸く俺の存在に気づいたように顔を上げ、濡れた瞳を揺らして俺の胸に顔を埋めてきた。

華奢な身体を抱き締めながら、切なさと愛しさが一気に込み上げてくる。

——俺が彼女を幸せにしたい。

俺にできることなんてたかが知れているけれど、大志と桜子ちゃんを全力で支えよう。そして俺の胸で泣いている彼女を、俺自身の手で笑顔にしてやりたい。

そんな気持ちで胸が一杯になり、今にも溢れ出しそうになった。

——告白しよう。彼女の悲しみが癒えたその頃に……この気持ちを伝えよう。ずっと好きだったと、愛していると言葉にしよう。

だけど、その想いは叶うことがなかった。

俺が大志を追うように『八神法律事務所』に移ったのは、大志がそれまで働いていた弁護士事務所を辞めた三ヶ月後だった。

それは決して請われたわけでも同情したわけでもなく、俺がそこで働きたいと思った末に自分で決めたことだ。

弁護士事務所に三年も勤めていると、徐々に個別の案件を任され自分の判断で動けるようになってくる。だけど大手では先輩弁護士の意見を優先させたりサポート役に回ったりしなくてはいけないこともあった。そのたびに、『俺だったらこうするのにな』と意見の相違を感じる場面が多くなっていたのだ。

そんな時に大志が父親の事務所を引き継ぐことになり、当面は一人で顧客に対応していくと言う。

『俺が父さんと一緒に働く夢は叶わなかったけれど、俺達のサポートをしたいと言い続けてきた桜子の夢は叶えてやりたいんだ。俺の力でどこまでやれるか分からないけど、自分の運と能力を信じて漕ぎ出してみるよ』

そう笑顔で言い切った大志の言葉に、俺は無限の可能性とやり甲斐を見出した。

そして、俺がこの兄妹のためにできることの一つが漸く見つかったと思った。

「大志、その夢に俺も参加させてくれないか？　半年……いや、三ヶ月待ってくれ。俺も今の事務所の仕事を片付けて、お前の事務所に移るから」

「冬馬……本当にいいのか？」

「俺がそうしたいんだ。そうさせてくれ」

「……分かったよ。よろしく頼むぜ、相棒」

俺達は拳を突き合わせて笑顔で頷いた。

八神夫妻の事故が起こったのが十二月の末だったから、その翌年の正月は、新年のお祝いも初詣でもないひっそりとした年明けとなる。

そんな中、喪中だから成人式には参加しないと桜子が言い出し、それを必死に説得したのが大志だった。

『世間の常識だとか人の目とかは関係ない！　一生に一度なんだ。成人になったケジメのお祝いをちゃんとさせてくれよ。父さん達だって天国でお前の振袖姿を楽しみにしているはずだから』

その言葉に漸く桜子も首を縦に振る。

それでも着物はレンタルでいいと言い張っていたものの、大志が百貨店に連れ出して、朱地に桜の花が描かれた見事な絞り刺繍の振袖を買い求めた。

成人式の当日、カメラマンを買って出た俺は、朝から八神家へ向かった。

『兄妹の写真があったほうがいいだろう？　俺が撮ってやるよ』

その言葉も嘘ではないが、桜子の振袖姿を見たかったというのが本当のところだ。

お陰で、髪を結い上げて桜の振袖を身に纏った、華のように美しい彼女を拝むことができた。

会場まで大志の車で一緒に送って行き、助手席のドアを開けてそっと手を取る。

『二人が一緒にいると目立って仕方がない』

そう桜子に苦笑されたけど、大志と二人で両側から恭しく会場の入り口までエスコートし、そこで見送った。いつも人の後ろに隠れてひっそりとしている彼女を、この日ばかりはシンデレラみたいに輝かせてあげたかったのだ。

会場に入っていった桜子は、たちまち地元の友人達に取り囲まれる。

皆でこちらをチラチラ見ては騒いでいるのは、俺達のことが話題に上っているんだろう。

「冬馬、桜子のために目一杯愛嬌を振りまくぞ」

「ああ、分かってる」

今日ばかりは苦手だとか言っていられない。

俺と大志がとびっきりの笑みを浮かべて手を振ると、桜子以外の女子が一斉にキャーキャー騒いで手を振り返してきた。

――悪いけど、俺達が手を振ってるのは桜子だけにだよ。

そう思いつつ輪の中心で照れたように微笑んでいる桜子の姿を目に焼き付けて、俺達は会場を後にした。

「――おい冬馬、俺の妹、可愛かっただろう」

「ああ」

帰り道、車の運転をしながら、大志は上機嫌だった。

「あの中で桜子がダントツで綺麗だったよな」

「そうだな。お前が見立てたっていう振袖も似合ってた」

――今がチャンスかもしれない。

桜子に告白する前にまずは大志に言っておくのが筋だろうと思いながらも、コイツの反応が怖いのと照れの両方で、なかなか言い出せずにいたのだ。

だけど、今がいい機会なんじゃないか？　大志は超がつくほどのシスコンだから、多少は難癖をつけてくるだろう。だけど、文句を言いつつもきっと最後には『頑張れよ』と言ってくれるに違いない。

そんなふうに考えて言い出すタイミングを窺っていると、再び大志が話し始めた。

「俺さ……桜子が可愛くて仕方ないんだよ」

「おっ、また出たな、お前のシスコンが」

「愛しくて愛しくて、仕方がないんだ」

「ハハッ、だから分かってるって……」

「可愛すぎて、愛しくて……辛いんだ」

「えっ？」

言葉の意味が掴めなくて、バッと大志の顔を見た。その横顔はさっきまでと違って真剣な表情に変わっている。

それを見た途端、なんだか予感めいたものがあって、急に胸騒ぎがした。

「冬馬……俺はな、桜子を俺のものにしたいんだ」

「……えっ!?　お前、何言って……」

「愛してるんだ……一人の女性として、アイツを」

予感はすぐに確信に変わり、次に衝撃が襲う。

「大志、お前……」

言葉を失っている俺をちらりと見て、大志は唇を歪(ゆが)ませ自虐(じぎゃくてき)的な表情になった。

「驚いたか？　……急にこんなことを聞かされたら、そりゃあ驚くよな。だけどさ、お前にだけは知っておいてほしかったんだ……っていうか、俺一人だけの胸に留(とど)めておくのが辛(つら)くて、もう限界でさ……」

「大志……」

「冬馬、悪いけど、俺の話を聞いてくれよ」

そう言って、大志はポツリポツリと語り出す。

「どこから話せばいいのかな……。でもやっぱり、最初から順番に話すのがいいんだろうな。この気持ちが始まったのがいつからなのか、俺自身にもよく分からないけれど……俺と桜子の始まりは、やっぱりあのクリスマスだと思うから」

そう言って大志は、長い長い、長くて辛(つら)い恋の話を始めた。

＊＊＊

親父が再婚するって言い出した時、俺は最初、正直ウゼェって思ったんだ。再婚に反対ってんじゃないよ。単純に、生活を乱されるのが嫌だった。

だって、今までずっと男二人で上手くやってきたのに、いきなり知らない女二人が侵入してくるって、邪魔くさいだろ？

でも、境遇を聞いたら何か可哀想だし、娘のほうは父親に殴られてたとか言うしさ。

親父の心はもう決まってるんだし、そんなの反対のしようがないな……って。

二人が初めて家に遊びに来たのがクリスマスでさ。

桜子は肩で切り揃えた黒髪がツヤツヤしてて、切れ長の目が印象的で、まるでコケシか座敷童子みたいだった。

玄関で母親の後ろに隠れてオドオドしてて、だけど興味深そうに、時々チラッ、チラッて顔を出しててさ。それを見た時に、『あっ、この子可愛いな』って、それが第一印象だった。

いや、誓って言うけど、勿論その時は恋愛対象とかそういうんじゃないよ。

だけど、なんでか分からないけど、『あっ、この子なら、俺は義妹として受け入れられるな』って、不思議とすんなりそう思えたんだ。

『クリスマスツリーを見る？』って手を差し出したら、モジモジしながら俺の人差し指だけをキュッと握ってきてさ。その手の小ささと柔らかさに胸がキュンとして、クリスマスツリーを見せてやった時のパアッと花が咲いたような笑顔に俺のほうが嬉しくなって……

その瞬間、俺はアイツの兄貴になって、アイツは俺の妹になった。生まれて初めて、『俺が守るべき存在』っていうのができたんだ。

あの時は感動したなぁ～。

それまでにも彼女はいたし、それなりに大事にしてはいたけれど、誰かを全力で守ってやりたいって思ったのはその時が初めてで。

自分が男で良かったな……なんてしみじみ考えたりしてさ。

そこからはお前が知ってる通り、俺はアイツを妹として溺愛して、甘やかしまくって、ウザがられるくらい構いまくって……

なのに、いつからなのかな……気づいたら俺は、アイツを女として見ていた。

それを確信したのは、桜子が中三の時。

『桜子さんはいますか』って、家に桜子の学校の男子から電話が掛かってきたんだよ。ソイツめちゃくちゃ緊張してて、明らかに今から告りますって空気を醸し出しててさ。俺、すっごくイラッてして、無言で連続二回ガチャ切りしてやったんだ。

その時に、『あっ、俺、ヤバイな』って思った。

冬馬、知ってるか？

蓋をしてた感情を開けちゃった瞬間って、自分でハッキリ分かるもんなんだよ。

以前から燻ってたマグマがドカン！　って噴き出すみたいにさ、『あっ、俺は桜子を他の男にやりたくないんだ。これは兄としてじゃなくて、キスしたいほうの好きだ』って気づいて。

愕然としたけれど、同時にストンと腑に落ちたというか……それまで胸の奥底でモヤモヤしていたものの正体を漸く突き止められたって、妙に納得している自分がいた。

そこからはもう、我慢と忍耐の日々だよ。

家に帰れば、胸元がダボッと開いたTシャツでソファーに寝転がって無防備に漫画を読んでいる桜子がいるんだ。俺は肩からはみ出てるブラの肩紐やチラリと見える胸の谷間を横目で見ながら、『その漫画は面白いのか？』なんて、平静を装って話し掛けてさ。風呂上がりの上気した顔と太腿が丸見えのルームウェア。そんなので目の前をウロウロされる辛さって分かるか？

桜子が使ってるシャンプーの匂いなんてずっと前から知っているはずなのに、意識し出した瞬間、それがすごく甘ったるくて官能的で俺を誘う匂いに変わるんだ。

もう堪んなくってさ、慌てて自分の部屋に飛び込んで、ベッドの上で桜子の顔を思い浮かべながら自分で慰めて果てるんだよ。

アイツをひん剥いて身体中に口づけて、俺の下でエロい喘ぎ声を出させて何度も何度も突き上げる……すぐ隣の部屋にいる桜子の気配を感じながら、変態野郎の俺はそんなことばっか想像してるんだ。

罪悪感を感じて自責の念に囚われるのに、想いは膨らむばかりで止められない。

いっそ全部の記憶を失って何も知らないところから桜子と始められたら……なんて思ったりもし

たよ。

だけど、兄と妹として過ごしてきた近くて深い関係を失いたくない自分もいて……

どこからが妹への情愛で、どこからが恋愛感情かなんて、自分でも分からない。今だって、両方の気持ちが混ざり合ってるんだと思う。

だけど、もうそんなのどうだっていいんだ。どっちにしたって俺が桜子を愛しているってことには変わりないんだから。

好きだって言いたい。

アイツを誰にも渡したくないし、俺以外の男がアイツを抱くのなんて耐えられない。

だけどアイツを困らせたくない。

辛(つら)い顔はさせたくない。

それでもやっぱり……桜子は俺のものだ……いつか絶対に俺のもんにする。

ずっと前からそう決めてるんだ。

＊　＊　＊

「……驚いただろう？」

大志に聞かれて、俺はただ頷(うなず)くことしかできなかった。そんな俺を横目で見て、大志は口角を軽く上げる。

「そうだよなぁ……何年もポーカーフェイスで『妹を溺愛する兄』を演じてきたんだ。その妹を恋愛対象に見てるだなんて、微塵も感じさせなかったろ？」

「ああ……全く」

大志がシスコンだというのは周知の事実だったけれど、あまりにも堂々としているからもはやネタみたいになっていて、兄弟姉妹のいない俺からすれば羨ましいくらいで……

だけど、俺がそう思っている間も、コイツは血の繋がらない妹への感情を募らせて、行き場のない欲情を押し殺して……ずっと一人で苦しんでいたというのか。

「なあ冬馬、俺は役者になったら結構いい線までいけると思わないか？　なんてったって年季が入ってるからさ」

茶化す大志にどんな返しをすればいいのかが分からず、俺は無理やり口角を上げただけの引きつった顔で前を向く。

俺は衝撃を受けていた。

『大志が義妹を愛している』ということが問題なんじゃない。

大志が俺のライバルになった……という事実に、ただただショックを受けていたんだ。

大志はいいヤツだ。そしてモテる。

アイドルみたいに綺麗な顔で華があるというだけではない。社交的で行動的で天性のカリスマ性があるから、アイツの周囲には男女問わず人が集まって来るんだ。

そんな男が一途に想ってくれていると知って、なびかない女がいるんだろうか。

——大志が桜子に告白したら……きっと俺に勝ち目はない。

兄だと思っていた大志に告白されれば、きっと桜子は驚き戸惑うだろう。

だけど、『兄』としか見ていなかった大志を『男』として改めて意識してみれば、彼がとても魅力的で優秀なオスだと気づくのは簡単だ。

そしてアイツが桜子に注いできた愛情の深さを知り、いかにかけがえのない存在であるか再認識し……恋に変わるのは時間の問題だろう。

「大志、お前の気持ちは分かったよ。だけど……お前と桜子ちゃんは兄妹なんだぞ」

「おいおい、仮にも法律家を名乗ってる者が、そんなことを言ってくれるなよ。知ってるだろ？　民法第七百三十四条。『直系血族又は三親等内の傍系血族の間では、婚姻をすることができない。ただし、養子と養方の傍系血族との間では、この限りでない』。俺と桜子には血の繋がりがないんだ。恋愛だって結婚だって法律で認められている」

そんなことは百も承知だった。

分かっていながら、俺は卑怯にも『兄妹』という単語を引っ張り出し、遠回しに牽制しようと試みたんだ。卑怯者の俺は、行き場のなくなった想いを抱え込み、ドロドロとしたものを腹の底に溜め込んで……

自分は告白することも動くこともできずにいるくせに、正直に心の内を明かした親友をどうにかして諦めさせたいだなんて……

一瞬でもそんな風に考えた自分が格好悪くて情けなくて……大志に格の違いを見せ付けられたよ

うだった。

俺が尚も戸惑っていると、大志はフッと薄く微笑んで、とても満足そうに一人で頷く。

「いいんだ……理解してもらおうとか、応援してほしいだなんて思っちゃいないから。ただ、親友であるお前にだけは言っておきたかっただけ」

「スッキリした〜！」と清々しい表情をしているアイツとは対照的に、俺は強張った表情を崩すことができなかった。

——ああ、俺の完敗だ。大志の覚悟に比べたら、俺の想いなんて……

だから俺は、自分の気持ちに蓋をした。

だってこんなの、勝負する前に結果は見えている。

大丈夫。今ならまだ、親友の恋路を応援し、祝福できる。彼女が選ぶ相手が大志であれば、諦めもつくというものだ。

……本当に、心からそう思ってたんだ。


大志が胃癌に侵されていると知ったのは、桜子がボストンに語学留学した約半年後、徐々に木の葉が色づき始めた九月末のことだった。

アイツが急に痩せたことには気づいていたけれど、大きな案件が重なったことと夏バテのせいだと思っていた。大志本人もそう考えていたんだと思う。

「胃の調子が悪いからさ、薬を出してもらうついでに胃カメラで隅々まで調べてもらってくるよ」

軽い調子でそう言って病院に行った大志は、数日後に生検結果を聞いてオフィスに戻ってくると、「話がある」と言って俺を応接室に連れ込んだ。

そこで聞かされたのは、大志がスキルス胃癌で、もう手の施(ほどこ)しようがないということ。進行が早いため、いつどうなるか分からない……という衝撃の告白だった。

「……嘘だろ」

絶句する俺に向かって、大志はフッと笑って真っ直ぐに見つめてくる。

「そうだろ、俺も嘘だろって思ったんだけどさ……残念なことに、どうやら本当なんだよな」

余命宣告をされた人間だとは思えないほど落ち着いていて、口調も淡々としていた。

だけどその瞳は赤く充血していたから、ここに来るまでにどこかで散々泣いてきたんだろう。

「事務所が漸(よう)く軌道に乗って来たところで戦線離脱することになって申し訳ないと思っている。俺が抱えている案件はきっちり終わらせるし、顧客のお前への移行も早々に済ませるつもりだ」

「事務所のことはどうにかするから大丈夫だ。それよりも……」

「分かってる。桜子のことだろ？」

「ああ、そうだ。彼女の心の準備もあるだろうから、早々にボストンに連絡して……」

「駄目だ」

「えっ!?」

「桜子にはまだ病気のことは言わないよ」

「おいっ、何言ってるんだ！　たった二人きりの兄妹なんだろ!?　教えないわけにいかないだろう！」

「駄目だ。言えばアイツは留学を切り上げて帰ってくる」

「だからって……」

「桜子は俺の秘書になるのを目標に頑張ってるんだ。その夢は叶えてやれなくなったけど……せめて少しでも長く夢を見させてやりたい」

「大志……」

「冬馬、俺の事情に巻き込んで悪いな。お前にも嘘の片棒を担がせることになるが、協力してくれよ。それと……桜子の後見人と顧問弁護士をお前に頼みたい」

それからの大志は、文字通り『命を削る』かのように寸暇を惜しんで働き、自分がいなくなっても桜子が困らないようにと、書類作成や事務処理に奔走した。そして――

「――えっ、ボストンに⁉」

「そう、桜子に会ってくる」

大志がボストンにいる桜子に会いに行くと言い出したのは、病気が発覚してから半月後の十月頭のことだ。

「病気のことを伝えに行くのか」

「……言わないよ」

「えっ？」

「言っただろ。俺は桜子に一年の留学期間を全うしてほしいんだ。ただ会いたいと思ったから行くだけ」

「いつまでも隠し通せるもんじゃないぞ。それに、彼女だって残された時間をお前と過ごせなければ、後悔するに決まってる」

「分かってる……だから動けるうちに、何もかも忘れて二人の時間を楽しく過ごしたいんだ」

「気持ちを伝えるのか？」

「迷っている。言いたい気持ちと、言って困らせたくない気持ちが半々ってとこだ。……まっ、流れに任せるよ」

出発当日、空港まで大志を送った帰り道、車を運転しながら俺の胸にあったのは、兄妹の再会を喜ぶ気持ちではなく、醜い嫉妬と焦りだった。

――頼む、告白しないでくれ！

桜子のことを諦めたなんて嘘ばっかだ。

いくら自分の気持ちを誤魔化したって、こうして大志がボストンに会いに行くと聞いただけで、二人がどうにかなるんじゃないかとドス黒い感情をグツグツと滾らせているじゃないか。

「俺は……クズ野郎だな」

大志は自分の気持ちを正直に語ってくれたのに、俺はそれに真正面から向き合わずに逃げた。

それどころか、陰で病魔に侵され余命いくばくもない親友の恋が成就しないことを祈っているなんて……最低のクソ野郎じゃないか！

桜子への恋心と大志への想い、そして情けない自分への怒りが心の中でドロドロに混ざり合ったまま、大志が不在の時間を過ごした。

「――結局、何も言えなかったよ」

一週間後、ボストン土産を持って事務所に来た大志は、水口さんが遣いに出た隙にボソリと言った。

「だってさ……久し振りに会った俺に、『お兄ちゃん、お兄ちゃん』って無邪気に甘えてきてさ……そんな桜子に、今さらオトコを前面に出すなんてできないよ」

机の上で指を組んで、情けなさそうに口を歪める。

「俺が桜子に留学をすすめたのはさ……勿論英語の勉強のためでもあったけど、俺のためでもあったんだ」

「お前のため？」

「うん、そう。アイツと一旦距離を置いて、自分の気持ちを冷静に見極めたいって思ったんだ。桜子にも俺がいない世界で自由に生きる期間を与えてやりたかった。そして、もしもアイツが戻ってきた時にまだ付き合ってる男がいなかったら……俺は兄としてではなく、一人の男としてアイツに告白するつもりだった」

大志は組んだ指にギリッと力を込めて、振り絞るように言葉を続ける。

「甘く囁いて、優しく指先で触れて……少しずつ態度を変えて、意識させて……俺は兄である前に一人の男なんだって、ゆっくりゆっくりゆっくり気づかせてから気持ちを伝えようって思ってたけど……」

ここで大志は言葉を詰まらせた。たぶん泣きそうになるのを必死に堪えていたんだろう。

「もう俺には、そんな資格も時間もないから……」

震える声でそれだけ言うと、事務所には沈黙が訪れた。

俺は動くことも、気の利いた言葉を掛けることもできず、大志の机にポトリと落ちた雫を黙って見つめる。

十分ほど経って漸く顔を上げた大志は、鼻をすすりながらニッコリ微笑んで、「……だけど俺は自分の選択を後悔してないよ。とにかく、桜子がボストンから帰ってくるまでは、絶対に生き延びてみせるさ」と言ってアパートへ帰っていった。

大志の気持ちが分かりすぎて、結局何も言ってやれなかった。

東京からボストンまでの十三時間、小さな窓から見える青い空を眺めながら、きっと大志は自分がどうしたいのか、どうすべきかを考えていたんだろう。

病気を盾に付き合ってもらうのは卑怯だし、病気を隠した状態で桜子と想いが通じ合ったとしても、この先一緒に生きてはいけない。

自分の気持ちよりも桜子のことを優先した結果、アイツは最後まで兄として見守る道を選んだのだ。

——大志……やっぱりお前はカッコいいよ。

大志が告白しなかったと聞いて、一瞬でもホッとした俺とは大違いだ。やっぱりアイツには敵わない。

桜子に本当に相応しいのは大志なんだ……

そう思った。

一年間の留学を終えてボストンから帰って来た桜子は、痩せ細りやつれ切った大志を見て愕然としていた。

病気のことを伝えたのは大志本人だ。

当然の如く桜子は嘆き悲しみ、大志に付きっきりで看病を始めた。

砂時計の砂がサラサラと零れ落ちていくのを見ているような毎日の中で、それでも二人が心を寄せ合い、残された時間を精一杯生きようとしているのを、俺はただそばから眺めていた。

それは桜子からすれば男女の愛情ではなかったかもしれないけれど、二人の間にはそれよりも深い繋がりがあった。そこには確かに、他の誰も入り込むことのできない二人だけの世界があったんだ……

五月の桜子の誕生日の翌日、大志は永遠の眠りについた。

大志の葬儀で桜子は、細い身体を喪服に包み、親戚の心ない言葉に必死で耐えていた。

前を向いて凛と立っているその姿はとても美しく、不謹慎にも俺は彼女に見惚れた。そして、そんな彼女をそばで支えてやりたいと思った。

ただの後見人ではなく、大志がそうしてきたように、彼女の一番近くで……

——大志、許せよ！

「婚約というのは嘘だけど、俺が君の夫として一生支えていくというのは本当だ。これも大志の遺言、アイツが最後に俺に遺した言葉だ。……桜子ちゃん、俺と結婚しよう。いいね？」

5　夫婦の時間

玄関の開く音がしてパタパタと廊下を走っていくと、冬馬さんが靴を脱いで上がってきたところだった。

「冬馬さん、お帰りなさい。お疲れ様でした！」

「ただいま」

彼はニッコリ微笑み、廊下に黒革のブリーフケースを置くと、部屋まで待ち切れないとでもいうように、その場で私を抱き寄せる。

「会いたかった……」

隠し切れない欲情を含んだ、甘くて低い声。

深く吐く息と共に感情を込めて耳許で囁かれ、身体の芯がジワリと疼く。

初めて抱かれたあの夜から二週間。

冬馬さんはそれまでの素っ気なさが嘘だったかのように、私への気持ちをストレートに示してくれるようになった。

それは言葉だけに留まらず、態度でも……だ。

「えっと……お風呂にします？　お食事にします？　それとも……んっ」

新妻らしくお約束の台詞（せりふ）を冗談めかして言うと、最後まで言い終わる前に唇を塞（ふさ）がれた。彼は両手で顔を挟み込んで逃げ場をなくし、いきなり唇にむしゃぶりついてくる。

――あっ、食べられる。

まさしく喰（は）むような激しい口づけ。

壁にドンと背中を押し付けられ、舌で口の中を満遍（まんべん）なく舐（な）められ唾液を啜（すす）られる。顔の角度を変えながらも、一瞬たりとも唇が離れることはない。

息を継ぐ間も与えられず苦しくて堪（たま）らないのに、それが嬉しいと思ってしまうのは、私もこうされたいと期待していたからだろう。

帰宅の挨拶（あいさつ）にしてはかなり長くて濃厚なキスを交わし離れると、彼の蠱惑的（こわくてき）な瞳が至近距離でジッと見つめてきた。

「今日のメニューは？」

コツンとオデコを合わせながら聞かれ、私は「肉じゃが、五目白（ごもくしら）あえ、それとインゲンと桜海老（さくらえび）の炒（いた）め物（もの）に……」とテーブルに並べた献立を思い浮かべて順番に列挙していく。

「それなら後で温め直しができるな」

「きゃっ！」

いきなり膝裏に手を差し入れられてお姫様抱っこされる。

「と……冬馬さん!?」

「まずは一緒にお風呂に入って、それから桜子を味わう」

「えっ？」

「いいだろ？」

――いいも何も……

まだ返事もしていないのにズンズンと脱衣所に向かって歩き出しているのだから、駄目だと言ったって聞く気がないくせに……と苦笑する。

こういうちょっと強引な部分も、ベッドに入ると何気にＳっ気を発揮するのも、最近知ったばかりの冬馬さんの新しい顔だ。

そんなところもいいな……なんて考えるのは、きっと惚れた弱みというやつなんだろう。

結局私は冬馬さんが何をしても許してしまうのだと思う。

「エプロン姿……いいね」

「えっ、エプロン？」

「うん。今度アレをやってみてよ、裸にエプロンってやつ」

「ふふっ、やだ、冬馬さんったらオジさんっぽい」

「オジさんだからね」

「三十二歳なんてまだ若いですよ。特に冬馬さんは若々しいし」

「最近鍛えてないからなぁ……桜子を満足させたいし、ジム通いを再開しようかな」

「まっ……満足って！」

「ハハッ」

脱衣所の床にゆっくりと足から降ろされながらそんな会話を交わし、改めて『今日のエプロンってどんなのだったっけ？』と見直してみる。

亡くなった兄の大志が『俺って女の子のエプロン姿、大好物なんだよね』なんて言って、いくつも買ってきていたお陰で、キッチンの隅の籐籠には八枚ものエプロンが収まっている。

一週間日替わりしても余る枚数だ。

『そんなに何枚もいらないよ。私になんて買ってこなくていいから彼女にプレゼントしてあげなよ』

私が何度そう言っても、『他の女にプレゼントなんてするわけないだろっ！　俺には桜子がいるから彼女なんていらないし』なんて言って真面目に取りあわず、懲りずに買い足されていったのだけど……こうなると兄に感謝するしかない。

「冬馬さんはそんなにエプロン姿が好きなんですか？」

「うん、いいね」

今着けているのはシンプルな胸当てエプロンで、薄い水色の生地の裾にはグルリと白い花柄の刺繍が入っている。

深く考えずに適当に選んだけれど、冬馬さんが気に入ってくれたのならこれにしておいて良かったな……

「まあ、エプロンというよりも、エプロンをつけてる桜子がそそるって意味なんだけど……うん、エロい。反則だな」

「えっ、反則？　……あっ！」

そのまま洗面台に向かって立たされ、エプロンの紐を解かれる。後ろから腰を抱えられた。

「ふっ……そそられるね、このシチュエーション。マジで桜子がエロい」

「エロ……って！　……あっ！」

突然尾てい骨のあたりに硬いものが当たり、私はヒャッと腰を引く。

――冬馬さんが後ろから下半身を押し付けているんだ。

「あの……冬馬さん……」

「だから言っただろ。そそられるって」

さらに硬くなったものをグリグリと擦り付けてくる。

「あっ……ここで？　……シャワーは……あんっ」

「ごめん、お風呂は後回しだ。どうせ汗をかく」

耳朶を甘噛みされて腰が砕けそうになり、私は洗面台に前のめりにしがみ付いた。

「ん……桜子……っ……好きだ……」

耳の穴に舌を這わせ、耳朶を甘噛みし、合間に吐息と共に甘い言葉を吹き掛けながら、彼は後ろから自身を押し付けてくる。

グリグリとお尻の谷間に沿って押し付けられているソレは、布越しでも怒張し反り返っているのが分かるほど。

「もうちょっとお尻を突き出して」

「えっ？　……やっ、あ……」

目の前の大きな鏡に目をやると、洗面台に手をつき口をだらしなく開けて喘いでいる女と、その後ろで気持ち良さそうに腰をゆるゆると動かしている冬馬さんが映り込んでいる。

全身がゾクッとして、奥のほうからジワジワと何かが溢れてくるのを感じた。

「ああっ……ん……」

彼の動きに合わせて、自然に腰が揺れてしまう。

いつから私はこんなにいやらしい女になってしまったんだろう。こんな場所でこんな体勢で……そう思うのに、彼の言葉に抗うことができない。

むしろ嬉々として受け入れていて……

「いいよ、色っぽい……」

「あっ……ふ……っ……」

「桜子……あぁ……気持ちいい」

後ろから腰に抱きついている冬馬さんの息が、徐々に荒くなり乱れていくのが分かる。

「なんだか……鏡の中だけ見ると本当にバックで挿入してるみたいだね」

耳許で囁かれてカッと熱くなると、真っ赤になっているであろう私の首筋に柔らかい唇が当てられた。ジュッという音と共に短い痛みがあったから、きっとそこには赤紫色の花びらが散っているのだろう。

ゾクッとして首を竦めた瞬間には、もう彼の手がタイトスカートのファスナーにかかっていて、黒い布地がストッと床に落ちる。手慣れているのが憎らしい。

今日は冬馬さんがいつもより早く帰宅することになっていたため、一足先に帰宅した私は着替える間もなく夕食の支度をしていた。

シャワーだって浴びていないのに……

タイトスカートを脱がされると、上半身は白いブラウスにエプロン姿なのに、下半身はストッキングとショーツだけという間抜けな格好。

これなら全部脱がされたほうがまだマシな気がする。

上も脱ぐのだろうと慌ててエプロンの肩紐に手をやると、手首をグイッと掴んで洗面台に押さえ付けられた。

「このままでいいから」

「えっ？」

「ホント……新妻がエプロンって最高だな。こんなの誘ってるとしか思えないだろ」

そんなことを言ったら、全国の新妻が料理をするたびに誘っていることになるじゃないかと突っ込みたくなったけれど、鏡に映る彼の恍惚とした表情は冗談じゃなく本気でそう思っていそうだ。

私は反論せずに心の中でクスッと笑うだけに留めた。

「桜子、もうちょっと足を開いて……そう」

「……こう？　なんだか恥ずかしい……」

「ふっ……恥ずかしい格好をさせたいんだよ」

そう言って後ろからストッキング越しに自分の屹立をグイグイと押し付けながら、冬馬さんはスルリとエプロンの内側に両手を侵入させ、ブラウスの上から胸を揉みしだき始める。

洗面台に両手をつき、後ろにお尻を突き出しているこの体勢だけでも卑猥なのに、そのお尻を覆っているのはストッキングとショーツの薄い生地だけ。

そこにグリグリと漲りを押し付け腰を揺らす……まるで擬似セックスのような体勢に、彼も興奮しているのが分かる。ブラウスの中に手を差し込もうと試みて、ピッタリしたデザインのそれがキツくて上手くいかなかったようだ。

胸に手が届くところまでブラウスのボタンを外したところで焦れたのか、最後の一個を残したままブラのホックを外す。まろび出た乳房を両脇から抱え込んで、待ってましたとばかりに激しく揉みしだいた。

「あぁ……っ」

大きな手のひらで乳房を包み込み、時々思い出したように二本の指で胸の先端を挟みクリクリと弄られる。私はそのたびに鼻にかかった甘い声を出し、背中を反り返らせた。

ブツッ！

──えっ？

暫くすると突然股のあたりに違和感を感じる。二人でピタッと動きを止めた。

「えっ、何が……」

「ごめん、穴があいた」

「えっ!?」

見るとストッキングの股部分に穴があいているではないか。

激しく擦られ突かれ続けたそこが耐えきれなくなり、とうとう冬馬さんのモノで突き破られてしまったのだ。

「う……そ……」

——こんなことってあるの!?

経験不足の自分には驚愕ものの出来事でも、実際にそうなっているのだから、起こり得るのだろう。

「ちょうど良かった」

「えっ？」

唖然としている私を尻目に、鏡に映る冬馬さんは嬉しげだ。

「これで弄りやすくなった」

耳許に「ちょうどいい穴があいたね」と色気全開のバリトンボイスで囁いて、今できたばかりの破れ目に右手の二本指を素早く挿し入れる。

「ふっ……ごめんね。興奮しすぎて突き破っちゃって。新しいのを買うから許してよ」

殊勝に謝りながらもその口調は楽しげで、全く反省していないのが丸分かりだ。

その証拠に、「次はガーターベルトにしようよ」なんて言い、人差し指と中指は既にショーツのクロッチ越しに割れ目の線をススス撫で始めている。

邪魔をしていた薄いベージュの網の内側にまんまと侵入を果たした指は、最後の一枚の上で自由に動き出す。すぐにその先の小さな蕾を探り当て、クニクニと捏ねたり摘んだり刺激を加え始めた。先ほどまでの行為で既に疼いている下半身は喜びに震え、奥からどんどん愛液を溢れさせる。だけど布越しの愛撫は、焦れったくて……

「なんだ桜子、これじゃ物足りないの？」

私が微かに腰を揺らしたのを見て、冬馬さんが少し意地の悪い声色で聞いてきた。

「やっ……違う！」

羞恥心と欲望のせめぎ合いの中、微かに残った理性で必死に反論してみても、彼には全てお見通しらしい。

「もうこんなに下着を濡らして……こんな生殺し状態じゃ辛いだろ？」

そう言いながらも布越しにしか触れてこない。私が素直になるまでお預けということなのだろう。

——意地悪だ。

「桜子はどうしたいの？　俺にどうしてほしい？　言ってごらん、何でもしてあげるから」

散々焦らされた私はもう耐えられなくて、顔を真っ赤にしながら懇願するしかない。

「直接……触ってほしいです」

「えっ、何？　もう一度ハッキリ言ってごらん？」

振り返らなくても分かる。今の冬馬さんは瞳を思いっきり細め、美しい顔に歓喜を浮かべているんだろう。

だって声が、喜びで上擦っている。

しゃくだけど、恥ずかしいけれど……その先の快感が欲しくて、私は言葉を続ける。

「お願い……もう、我慢できない。冬馬さん……挿れて」

後ろでゴクリと唾を呑む音がした。次の瞬間……

ビッ！　ビリッ！

「えっ、冬馬さん？」

「桜子、こっちを向いて足を開いて」

冬馬さんの手でストッキングが大きく破られたかと思うと、私はクルッと回れ右で立たされ脚を開かされる。穴が太腿まで大きくひろがり、その先は伝線が足首までピーッと太いラインを作っていた。見るも無残な状態だ。

「いい子だ。エプロンを持ってて」

「えっ？　……何を……」

言われるがままにエプロンの裾をつまみ上げる。

「今挿れたら俺が保たないから、先に桜子を気持ち良くしてあげる。思いきりイって」

そう言うが早いかすぐに私の足元に跪き、ショーツの布をグイッと横にずらしてそこから舌を差し入れてきた。

――えっ、嘘！

「嫌っ、駄目！　シャワーを浴びてないからっ！」

脚を閉じようとすると、片手でグイッと押し退けられる。

「俺が綺麗にするから問題ない。そのままの桜子を味わわせてくれ」

繁みの奥からくぐもった声で言われて観念した。力を抜いて再び洗面台にもたれ掛かると、間髪容れずにジュッと蜜を吸い上げられる。

「やっ、強い！　……あ……ああっ！」

わざと大きな音を立てているに違いない。

ピチョピチョ、チュッ、ジュルッ……

破れたストッキングにずらされたショーツ。その隙間に顔を埋めて、愛しい人が私を喜ばせようと必死になっている。

両手で割れ目を開いて舌を這わせ、奥からどんどん溢れてくる愛液を一滴たりとも零さないように夢中で舐め啜っている姿は、女王に奉仕する下僕みたいだ。

舌と唇で次々ともたらされる快感に加え、聴覚と視覚からもたらされる刺激で、私はどんどん昂まっていく。

「桜子のココ、プックリ膨らんで先を尖らせて……美味しそうだ」

「やっ、汚いのに！」

自分の唾液と私の愛液で口の周りをテラテラと光らせ、冬馬さんは蠱惑的な瞳でチロリと見上げてくる。

「汚くなんかない……可愛くて甘い」

彼はクロッチ部分をさらにグイッと脇に寄せ、赤く膨らんだ蕾を口に含んだ。

小さな子供がお気に入りのキャンディーを与えられたかのように、舌でコロコロと転がし捏ね回し、舐めて吸って、時々甘噛みして……

シャワーも浴びていないソコに口づけられているのに……逃げ出したい気持ちは、絶え間なく与え続けられる快感の前に無力だった。

むしろ、被虐心が快楽のエッセンスになっているのかもしれない。気持ち良さを求める気持ちが恥ずかしさに勝り、知らずと自ら脚を開いて腰を前に突き出してしまう。

それに気づいた冬馬さんの舌の動きが速くなる。大きく膨らんだソコをペロペロと舐められて、子宮がキュッと収縮したのが分かった。

「ああっ、凄い！　もう駄目っ、イっちゃう！」

「イって」

「あっ！　……ああーーっ！」

嬌声を上げて、私は腰をビクンと大きく跳ねさせた。思わず冬馬さんの頭を抱え込み、硬めの髪をわしゃわしゃと掻き乱す。

「ああ……もう、駄目……」

膝がガクガクと震え出し、太腿も膣もピクピクと痙攣をしている。

とても立っていられなくて洗面台を背にズルズルと床に座り込むと、目の前には口角をクッと上げた、憎らしいほど綺麗で意地悪な顔。

「もう一回イっておこうか」

「えっ？」

茫然と見つめているうちに無言で膝をグイッと開かれ、そこに指が挿し入れられる。

「あっ！　……ん……あんっ！」

まだ先ほどの余韻が残るソコは、冬馬さんの指を簡単に受け入れ、奥に誘うように呑み込んでいく。

ズブズブと突かれ、中でグニュリと壁を撫でられ、既に知り尽くされているイイところを集中的に攻められて……私は冬馬さんの首にしがみつきながら、あっという間に達してしまった。

「またイったね……快かった？」

目尻に涙を溜めてコクコクと頷くと、「よし、いい子だ……」と返される。

そのまま背中を支えてゆっくりと床に寝かされ、破れたストッキングごとショーツを引き下ろされた。下半身を圧迫していたものが取り除かれ、急に開放感が訪れる。

二回連続でイかされた疲労感から肩で荒い呼吸を繰り返す。冬馬さんが脱がせたばかりのストッキングを下着ごとポイッとゴミ箱に放り込むのが見えた。

「あっ……」

彼はゴミ箱に向けた私の視線を追ってからもう一度こちらを見下ろし、「どうせ濡れてグチョグチョだ。今度もっとエッチで露出度が高いのを買いに行こう」と、ニヤリと口元を緩ませて額にキスをしてきた。

――露出度が高いって……！

Ｔバックとか穿いたことないのにな……やっぱり大人っぽい下着のほうが好みなのかな……なんて考えていると、「まあ、家ではノーパンでいてくれても構わないけど」と彼が不敵に微笑み、膝立ちでカチャカチャとスラックスのベルトに手を掛ける。

スラックスを下ろしたボクサーパンツの前には高い頂きができていて、黒い布の内側が見るからに窮屈そう。それを脱ぎ去ると、解放された立派なモノがブルンと弾かれるように飛び出した。

「ごめん、もうちょっとだけ頑張って」

冬馬さんがそう言いながら、もう何のために着けているのか分からないエプロンをハラリとめくる。そして下半身を曝した私の脚の間に膝立ちになって、こちらを見下ろした。

「ふっ……ホント、エロいな」

その言葉に連動するように、赤黒い漲りがピクピクと拍動する。

そして彼は、私の脚を開いて腰を沈めようとして……

「しまった……ゴムを持ってきてない」

そう言ってまた膝立ちになった。

「私は……このままでも構わないですよ」

そう勇気を出して言ってみたのに、即座に「駄目だ」と拒否される。

――私は赤ちゃんができても構わないのに……

でも、それは私の一人よがりなのかもしれない。そう言えば、冬馬さんが子供を欲しいと思っているのかさえ、知らない……

「桜子、四つ這いになって」

ふいに背中を抱えて起こされ、そのまま後ろを向かされた。

「えっ、何？」

言われるまま床に手と膝をついて振り返ると、右手に握った自分自身を私の股にピタッと当てている彼の姿が目に映る。

——えっ、この体勢で後ろから？

このまま蜜口に挿れられるのかと身構えたけれど、ソレはヌルヌルと割れ目を往復するのみで中に侵入して来る様子はない。

「冬馬……さん？」

「ごめん、ゴムを取りに行くまで保ちそうにないから、コッチでイかせてもらうよ。桜子、脚を閉じて」

「はい？」

両脚をギュッと閉じてから、私は冬馬さんの言っている意味を理解した。

——つまり私のナカではなくて、ここで……!?

熱くて硬い冬馬さんの漲りは、私の太腿の間で意思を持つ生き物のようにビクンビクンと跳ねている。

両手で腰を支えられたかと思うと、ソレがニュルリと割れ目を滑った。

大きくて長いソレはお臍近くまで到達し、エラで敏感な蕾を引っ掻きながら行ったり来たりを繰り返す。

何度も擦られたソコはプックリと膨れ上がり、亀頭が通過するたびに目の前にチカチカと星が散る。それは波紋のように広がって、全身を快感で満たしていった。

「あ……ん。冬馬さん、もう……」

無意識にお尻と太腿に力が入ると、冬馬さんが「ウッ……」と呻き声を漏らす。

「ヤバい、そんなに締め付けると……あぁ……もう俺も限界。イくよ」

一気に抽送が速められ、グチョグチョと卑猥な音が響き渡った。擦られ続けて剥き出しになった粒の上をカチカチに硬くなった先端が往復する。

耐えきれず床に突っ伏した私は、猫が伸びをするように腰だけ突き出して嬌声をあげた。

「ああっ！　もう駄目っ！」

「イくっ！」

達したのは同時だ。

蜜口をヒクつかせ太腿まで愛液を垂らして喘いでいると、背中に生温かいほとばしりを感じる。

――ああ、やっぱりナカには出してくれないんだ……

そんなことを考えながら、私は心地良さと疲労感でグッタリと目を閉じた。

「おはよう、桜子」

瞼に朝の光を感じて薄ら目を開けると、枕に頬杖をつきながらジッとこちらを見下ろしている優しい瞳と目が合った。

「あっ……おはようございます！　ごめんなさい、私、ぐっすり寝ちゃってて……何時ですか？」

「午前九時過ぎ。いいよ、昨日は無理させちゃったから身体がキツイだろ？　朝食は俺が作るから土曜日の朝くらいはゆっくり寝てて」

――ああ、そうか……

昨日洗面所で何度もイかされた私は、『やっぱり桜子のナカに入りたい』と避妊具を取ってきた冬馬さんに、洗面所の床でも浴室でも全身くまなく愛されて……

結局、夕食を食べる間もなく寝室のベッドにもつれ込み、そのまま朝を迎えたのだった。

最後のほうは朦朧としていて、何度イかされたのか、いつ意識を失ったのかも覚えていないけれど……冬馬さんが絶倫ということだけは確かだ。

周囲を見渡すと、ゴミ箱から溢れて床にまで散らばっているティッシュと使用済みの避妊具。封を破られた避妊具のパッケージは枕元にまで落ちている。

「あっ、痛っ！」

身体を起こそうとして全身に痛みを感じた私は、そのまま枕に頭を沈めた。

――えっ、どうして？

初めての時も痛みはあったけれど、今のはそれとは違う。筋肉痛というか、関節痛というか……

「ごめん、ゆっくり横になって、背中を見せて」

冬馬さんに支えられながらゆっくり背中を向けると、後ろから「ああ……」という暗い声がする。

「悪かったね……俺が床で思いきり突き上げたから、痣になってる」

冬馬さんの全身チェックの結果では、背中だけでなく肘や膝、腰まで青黒く変色しているらしい。

「洋服で隠れる部分なら大丈夫ですよ」

本当に私は気にしていないのに、冬馬さんは眉尻を下げてシュンとしてしまった。

「俺ってサカりすぎだよな。自分でも分かってるんだけど、桜子を見るとどうにも我慢できなくて」

「我慢なんてしないでください。私を見てそうなるってことは、それだけ気持ち良くなってくれてるってことですよね？　嬉しいです」

「気持ちいいよ！　気持ち良すぎて……制御できないから困ってる。こんな風になるのは初めてで、自分でも戸惑ってるよ」

——本当に？

「私が……初めて？」

冬馬さんは横になっている私を跨いで正面に回り込むと、両手で頬を挟んでムチュッと口づけてきた。そのまま額と鼻をフニフニと擦り付ける。

「ああ、こんなの桜子だけだよ。全てが最高なんだ……肌はしっとりしていて手に吸い付くようだし、舌を這わせたら甘くていい香りで食べずにいられない。中は狭くて痛いくらい締め付けてきて……」

「ふふっ、褒めすぎですよ」

「褒めすぎなもんか。桜子は自己評価が低すぎるんだ。いくら大志が囲い込んでいたにしても、自分の魅力を知らなすぎだ」

「お兄ちゃん？　……囲い込む……って……」

その途端、冬馬さんがハッとして口を噤んだ。そして次の瞬間には笑みを浮かべて、私の髪をそっと撫でる。

「いや……シスコンの兄のお陰で君が純粋に育ってくれて良かったって話。とにかく、君みたいな子が俺に全てを捧げてくれて……俺は幸せ者だよ。手放したくない」

「手放さないでください。絶対に」

「……ああ」

ジッと見つめあった後、冬馬さんがフイッと視線を逸らして身体を起こす。続いて起き上がろうとする私を制し、自分だけベッドを出て立ち上がった。

——ああ、綺麗だな……

適度に盛り上がった僧帽筋と広背筋、そしてそこから連なる美しいヒップライン。

窓から差し込む光の中に、ミケランジェロの『アメルングの運動選手』のような見事な裸体が浮かび上がる。

もう何度も見ているはずなのに未だに直視するのは恥ずかしく、私は頬を火照らせた。

『忙しくてジムに行くのをサボってるせいで、筋肉がすっかり落ちちゃったよ』

そう冬馬さんは言うけれど、スラリと引き締まった肉体美は健在で、私は顔を覆いながらも指の隙間からジッと見惚れてしまうのだ。

気持ちが通じてからというもの、冬馬さんは時間が許す限り私の身体を求めてくる。

仕事が忙しく一緒に過ごせる時間は決して長くはないものの、翌日が休みだったり出勤時間が遅くても良かったりする日は朝まで飽きることなく愛される。そして目覚めたら朝食の準備がされているという夢みたいな展開だ。

――こんなに幸せでいいのかな……

現金すぎる心境の変化に、思わずフフッと笑みが零れる。

身体を重ねただけで、こんなにも自分の心持ちが変わるものだろうか。

抱かれるたびに、その指先や唇から愛しているという気持ちが伝わってきて、結婚したばかりの頃の不安や寂しさが嘘のように吹き飛んでしまう。

たとえ同情から始まった関係だったとしても、今ではちゃんと愛されているという実感がある。

冬馬さんのストレートな愛情表現は、翻弄され戸惑いながらも、強い安心感となっているのだ。

――私達は漸く心身共に本当の夫婦になれたんだ……

そう思っていた。


今日のブランチは、トマトとルッコラ、ゴートチーズ、ゆで卵を挟んだクロワッサンサンドにカリカリベーコンを添えた一皿と、野菜サラダ。

独り暮らしが長かった冬馬さんは、料理も他の家事も一通りできる。しかも凝り性らしくて、料理はかなりの腕前だ。

コーヒーよりも紅茶派の私のために、フランスの老舗ブランドの紅茶まで淹れてくれた。フルーツと花の香りが鼻腔をくすぐる。

「美味しいです、とっても」

「良かった。下のパン屋に行ったら焼きたてのクロワッサンがあったから」

「小麦とバターの香りがいいですね」

「……だな」

クロワッサンサンドを同時にサクッとひと齧りして、フフッと微笑み合う。

――幸せだ。

あれから冬馬さんは、シャワーを浴びるという私を気遣ってお姫様抱っこで浴室まで連れていってくれた。

一人で大丈夫だと言っているのに、自分も裸になって一緒に入ってきてシャワーで身体の隅々まで洗ってくれたのだ。

いや、洗うだけでは終わらなかったけれど……

「本当に洗うだけ。流石に昨日の今日で無理はさせないよ」

そう言っていたくせに、ボディーソープを泡だてたスポンジで身体を撫でている途中で、何故かそれが手のひらに代わり、そのうちに後ろから胸を揉み、乳首をクニクニと弄り出した。

「あ……ん……」

思わず鼻にかかった声が出る。それをきっかけに右手が下りていき、中指がクチュクチュと割れ目を滑り、クニュリと蕾を撫で……

「ふっ……ヌルヌルだ」

「だって……泡だらけなのに、こんなことするから……」

「違うよ。桜子の中からトロトロに溢れてるんだ。いやらしいな」

そう耳許で囁かれて腰が砕けそうになった。

体勢を崩した私を後ろから片手で抱えながらも、彼のもう片方の手は動き続ける。

「恥ずかしがらなくていいんだ。一緒にいやらしくなろう」

「あっ……ん……」

「いいよ、気持ち良くなって、イって」

冬馬さんが二本の指を挿し入れ一気に激しい抽送を始める。浴室にグチュグチュと卑猥な音を響かせながら奥まで突かれ、私はイかされてしまった。

挙句、最後にまた後ろから冬馬さんのモノをヌルヌルと擦り付けられて花弁を捲られ……再び達したのは二人同時だ。

「ごめん、桜子の身体を洗うだけのつもりがムラッと来て性欲に負けた。怒った？」

ドライヤーで私の髪を乾かしつつ悪戯が見つかった子供みたいに肩を竦めた姿が、可愛くて……

「ふふっ、怒ってないですよ」

そう言って不意打ちで頬にキスした時の驚いた表情や照れた仕草が少年みたいで愛しい。

八歳の歳の差なんて飛び越えて、夫婦として同等になれたような気がして嬉しかった。

けれど——

「今日は事務所に行かなくてもいいんですか？」

「いや……午後から離婚調停中のクライアントとの打ち合わせが一件ある」

「私も行きましょうか？」

「いや、水口さんが来てくれるから大丈夫」

食洗機に食器を並べながら冬馬さんが答えるのを聞いて、途端に明るい食卓が翳ったような気がした。

「水口さん……休日も出勤してるんですか？」

「毎回じゃないけどね。クライアントが女性の時はできるだけ二人きりになりたくないから、彼女にも顔を出してもらっている」

「それなら私でも……」と口を開きかけたところで、嫉妬丸出しだと思ってやめた。

そんなのあまりにも子供っぽすぎる。

先週から『八神法律事務所』改め『日野法律事務所』で働き始めた私は、現在水口さんの下について秘書見習い中だ。

——水口麻耶さん……冬馬さんが付き合っていた人。

元カノ的に、私が同じ職場に来たらいい気がしないいんじゃないかと悩んでいたが、案の定、私への引き継ぎを終えたら事務所を辞めると初日に告げられた。

『……私がここに来たせいですか？』

『違うのよ。最初からそういう約束だったの。私は桜子さんが秘書として働けるようになるまでの、ただの中継ぎ』

『そんな……』

『いいのいいの、私が望んだことだから。これからは公私共に桜子さんが日野先生のパートナーね。頑張って！』

そう笑顔で言われて、胸がチクッと痛んだ。

二人の間でどのような話し合いがされたのかは知らない。

けれど、それまで冬馬さんのパートナーは公私共に水口さんだったはずだ。

——それを私が奪ってしまったんだ……

罪悪感を感じつつも、彼女が辞めると聞いて心のどこかでホッとしている自分もいる。

だって私は、今日これから二人が事務所で会うと聞いただけで、こんなにも胸をジリジリさせているのだ。

それにしても、冬馬さんは私の前で水口さんの名前を出すことに後ろめたさを感じないのだろうか。

そりゃあ水口さんが元カノだと私が知っていると気づいていないのだろうけど、それにしても多少は躊躇していいと思う。

水口さんのほうも、職場では一貫して冬馬さんとただの同僚の立場を貫いている。私がいない時の会話までは分からないとはいえ、少なくとも私がいる時に二人が男女の空気を醸し出したことは一度もない。

昔のことだから関係ない……ということなんだろうか。それが大人の付き合い方だというのなら、私には絶対に無理だ。

私は一度愛したら、一生その人だけでいい。

心から尽くすのも大切にするのも、キスするのも抱かれるのも……死ぬまでにただ一人だけ。

私はそう思える人に出会えて、幸運にも妻になることができた。

自分が幸せであるからこそ余計に、水口さんの気持ちはどうなのだろうかと考えてしまうのだ。

「――桜子、どうした？　身体がシンドイ？」

そんな風にぼーっと考え事をしていると、いつの間にか冬馬さんが隣で私の額に手を当てていた。

「熱はなさそうだけど……やっぱり昨夜からいろいろ無理させすぎたかな。ゴメン」

「いえっ！　全く全然大丈夫で、むしろ嬉しいです！　本当に！」

私が身体ごと冬馬さんに向き直って力説すると、彼はフッと目尻を下げて額をつけてくる。

「桜子、そんなこと言って俺を甘やかしちゃ駄目だよ。今夜も手加減してあげられなくなる……」

コツンと合わさったそこから愛情が注ぎ込まれてくるようで、私は一瞬でも水口さんとのことを不安に思った自分を恥じた。

――そうだ、これくらいで動揺してちゃ駄目！

今はこんなに私を想ってくれているのだから……やっと始まった夫婦の時間を大切にしていこう。

そして私と結婚して良かったと冬馬さんが心から思えるよう、私の全てで愛してるって伝えよう。

「冬馬さん……大好きですよ」

冬馬さんはパッと顔を離して目を見開き、その目をすぐに三日月みたいに細める。

「ほらまた、そういうことを言うと……やっぱり今夜も寝かせてやらない。一晩中啼かせるよ」

上唇をチュッと啄んでから何度も角度を変えて、蕩けるような甘い口づけの雨を降らせた。


「――明日から一泊二日で福岡に出張することになった。水口さんも一緒に行くよ」

そう聞かされたのは、あれから数日経った土曜の夜の食卓で。

あまりにもサラッと告げられたせいで、私は最初、それが聞き間違いかと思った。

「えっ……水口さんと……ですか？」

心臓がドクドクと早鐘を打つ。

出張だなんていつ決まったの？　どうして彼女が一緒に？　一泊って……一緒にホテルに泊まるんですか？

次から次へと疑問は浮かぶのに、何故かそれを口にするのが憚られる。

……聞くのが怖い。

父や兄を見てきたから私にだって分かる。弁護士の出張は特に珍しいことではない。

依頼人や訴訟相手の住む地域の裁判所に足を運ばなくてはならないし、事故の実況見分に出向くことだってある。年に数回は各地の勉強会や研修にも顔を出す。

だけど……わざわざ秘書を伴う必要性があるものは稀だ。しかも私ではなく水口さんを連れていくなんて……

「……そうなんですか。依頼人が福岡にいらっしゃるんですか？」

両手で胸を押さえながら、どうにか平静を装って言葉を絞り出した。声が震えているかもしれない。

「いや、依頼人はこっちにいるんだが……今回はちょっと先方と話をしてくるだけで……」

冬馬さんにしては要領を得ない物言いが気になる。ハッキリとどんな案件かを言えないのは、私がまだ秘書として信用されていないからなのか……

――それとも、出張自体が嘘なんですか？

そう考えた自分にハッとして、両手を口に当てた。

――嫌だ、私ってば何てことを考えて……

冬馬さんはいつだって全身で愛を語ってくれているのに、妻のくせに夫の言葉を疑う自分が嫌だ。

だから、ゆっくりと深呼吸して笑顔を作る。

「分かりました。気を付けて行ってきてくださいね」

笑顔が引きつっていないといいな……と思った。

その夜、お風呂上がりに冬馬さんの部屋を覗くと、彼はスーツケースに一泊分の荷物を詰め込んでいるところだった。

今は寝室を共にしているため、私がこの部屋に入るのは久し振りだ。

ほんの数週間前のことなのに、ベッドで冬馬さんを待ち伏せて迫ったのが随分昔に感じる。

「桜子、俺はまだ暫く準備をしてるから、先に部屋で休んでていいよ」

冬馬さんがスーツケースから顔を上げてそう言ったけれど、私はその言葉を無視してスタスタと目の前まで歩いていった。

「……桜子？」

「冬馬さん、来て」

怪訝な顔をする彼の手を引いてベッドまで連れていく。

「冬馬さん、座って」

「えっ？　桜子、どうし……」

「座って」

私の思い詰めた表情に何かを察したのか、冬馬さんはそれ以上何も言わずに黙ってベッドの縁に腰掛けた。私は数秒間彼を見下ろしてからおもむろに足元に跪き、彼のスラックスに手を掛ける。

「ちょっ、ちょっと、桜子！」

指先に伸びて来た手を振り払ってベルトを外しファスナーに手を掛けたところで、再びもっと強い力で手首を掴んで止められた。

「桜子っ！」

彼の目が怒っている。

だけど私だって……

「桜子、どうしたんだ。君らしくもない……」

「シたいんです」

「えっ⁉」

「私らしいって何なんですか？　私だってそういう気分になることがあるんです。私だって……冬馬さんを気持ち良くさせたいんです！」

暫く見つめ合い……そして冬馬さんが一つ溜息をつき、私の手を離した。

「……無理はしてない？」

「してません」

「できないと思ったら……すぐにやめていいから」

「やめません」

もう一つ溜息。

「……分かった。それじゃ、脱がせて」

「……はい」

私は改めてファスナーを引き下げる。指先が震えていることに気づいているだろうけど、冬馬さんはもう何も言わなかった。

「腰を上げてください」

彼が後ろに手をついて腰を上げている間にスラックスと下着を同時に引き下ろし、裾から足を抜く。すぐ目の前に半勃ちのモノが現れた。

両手を伸ばしてそっと握ると、生温かいそれは手の中でグンと硬く太くなる。

勢い良く反り返るのを見て一瞬たじろいだものの、ゆっくり顔を近づけて先端に舌を這わせた。

「あっ……」

恐る恐る先をペロリと舐めると、冬馬さんが少し掠れた色っぽい声を漏らす。同時に手の中でソレがピクンと跳ねて、割れ目から透明な汁がツーッと滲み出てきた。

それを舌で掬いながら上目遣いに表情を窺う。彼は眉間にシワを寄せて薄らと目を細めていた。

――気持ちいいのかな？

私は顔に垂れてきて邪魔だった髪を掻き上げて耳に掛け、今度はカリのあたりまで口に含んでみる。少し顎が痛いけど、まだ大丈夫。

「うっ……あ……」

彼の艶のある声を聞いた途端、子宮がキュンとして身体の奥から蜜がトロリと溢れてきたのが分かった。

冬馬さんの気持ち良さそうな声や表情で私自身も感じているんだ……

――だけど、これからどうしたらいいんだろう？

勢いに任せて始めてみたものの、ここから先が分からない。

最初はこんなつもりじゃなかった。明日の出発時間を確認しておこうと部屋を覗いただけ。

だけど荷造りをしている冬馬さんを見た途端、胸の中に灼けつくような感情が湧き上がり、彼の中に自分を刻みつけたいと思ってしまったのだ。

——彼女に……水口さんに冬馬さんを渡したくない。

分かっている。こんなのは根拠のない嫉妬。身勝手な私の暴挙だ。

だけど、何か一つでも彼女に勝てるものが欲しい。彼を繋ぎ止める鎖になるものが欲しい。

だから、愚かだろうが、みっともなかろうが、こうせずにはいられなかった。

「冬馬さん……」

「う……ん……？」

「ごめんなさい、勉強不足で……私は男の人の喜ばせ方を知りません。どうしたら……冬馬さんに気持ち良くなってもらえますか？」

そう尋ねた途端に肉棒がピクリと跳ねる。

「……君は本当に……煽るのが上手すぎだ。その手で触られただけで、もうイきそうなのに……」

「それじゃあイってください」

「くっ……本当に君って子は！」

冬馬さんは目を瞑って天を仰ぐ。

「……裏筋を上に向かってゆっくり舐めて。それから、カリの下……溝になってる部分も」

「はい」

冬馬さんの言葉に従い、裏側にそっと口づけてからゆっくりと舌を這わせる。舌先で縦にレロッと舐め上げてからカリの窪みにもキスをすると、冬馬さんが上擦った声を出しながら腰を浮かせた。

「はっ、ああ……桜子……いいよ、上手だ」

もっともっと褒めてほしくて、冬馬さんに言われるままに袋をやわやわと手のひらで包み、竿を咥えて顔を上下させる。

口の中で質量が増して喉が苦しいけれど私の動きでピクピクと反応してくれるのが嬉しくて、さらに動きを速めた。

「ああっ、気持ちいいよ……」

冬馬さんの手が私の後頭部に添えられ、ピストン運動に合わせてグイグイ押さえ込む。呼吸が苦しくなるもののそのリズムに合わせて顔を動かし続けていると、手の動きが徐々にスピードを上げ、彼の息遣いが荒くなる。

「もうイくっ！　桜子、口を離して！」

そう言われても、離す気はなかった。

「駄目だっ！　桜子……っ！」

直後に口の中に温かい精液が放たれ、それはビクンビクンと震えるたびに繰り返される。

「すぐにここに出して！」

ティッシュを手渡す冬馬さんに首を横に振り、そのままゴクリと飲み干す。

「桜子……君は……」

「気持ち……良かったですか？」

手の甲で口元を拭いながら見上げると、脇に手を入れて抱え上げられ、そのまま冬馬さんの上に覆い被さるように二人でベッドに倒れ込んだ。

ギュウッと力一杯抱き締められる。

「こんな無茶をして……」

「私がしたかったんです。冬馬さんに満足してほしかったから」

汗ばんだ胸に頬をぴったりくっつけると、トクトクと響く心臓の音が聞こえた。少し速いリズムが心地良くて、うっとりと目を閉じる。

「凄く良かったよ……ありがとう。だけど、やっぱりいつもの桜子じゃないね。もしかして、俺が女性と出張に行くのが嫌だった？」

――お見通しだ！

子供じみた嫉妬も、独占欲からの無謀な行為も読まれていたなんて……

恥ずかしくて顔を上げられず、私は厚い胸板の上で両手をギュッと握り締める。

「もしもやきもちを焼いてくれるなら、それはそれで嬉しいけれど……水口さんとはただの同僚だ。何も気にすることはないよ」

優しく髪を撫でながら諭すように言われて、自分の幼さを実感する。

だけど、『同僚の女性』を同行させるのが嫌なんじゃない。『元カノ』と一緒に遠出……しかも一泊するというのが、無性に不安なのだ。

――でも、そんなこと言えない。

だってそれを口にしたら、私が水口さんの存在を……冬馬さんに彼女がいるのを知りながら彼との結婚を望んだという事実を知られてしまう。

冬馬さんが好きだと言ってくれている『素直』で『控え目』で『純粋』な私が偽物だと分かったら……その時の彼の反応が怖い。あの整った顔に軽蔑の眼差しを向けられでもしたら、きっと私は二度と目を合わせることができないだろう。

ううん、そうなったらもうここにはいられない。

だから……

「大丈夫ですよ。冬馬さんが出張に行くのが結婚後初めてだったから、ちょっと寂しくなっただけです。我が儘を言ってすいませんでした」

「桜子……君を連れていけなくてごめん。次に遠出する時には、二人で行こう」

「……はい」

――次は二人で……

彼が私との『次』を、二人の未来を当然のように語ってくれるなら、私も彼との『今』を大切にして、『次』を楽しみに待とう。

「冬馬さん……キスしてもいいですか？　明日の夜に会えない分」

「当然。そんなの俺のほうがしたくてたまらない」

背中を抱かれてクルリと視界が回転し、ベッドに降ろされる。すぐに啄むようなキスが顔中に降ってきて、最後に唇が重なった。誘うように挿し入れられた舌に自分のそれを絡めると、口づけはより深くなり、部屋は二人の吐息で満たされたのだった。

6　彼と彼女の出張　ｓｉｄｅ冬馬

「先生、着きましたよ」

肩を揺すられてハッと目を覚ますと、既に何人かの乗客が通路に立ってドアが開くのを待っていた。

左手の腕時計の時刻は午前九時四十三分。羽田発の国内便は、予定通りの時間に福岡空港に到着したらしい。

「悪い……熟睡してた」

「謝る必要はありませんよ。こちらこそ、連日の激務でお疲れなのに時間を作っていただいて申し訳ないです」

「いや……」

――寝不足は仕事のせいじゃないんだけどな。

そう言いそうになって、俺はグッと喉元で堪える。

今のご時世、女性への下ネタ話は下手をするとセクハラ案件だ。

それに……今の彼女にとって俺の惚気は酷に違いない。

けれど頭の中に、どうしても昨夜のことが浮かんでくる。

昨日は自分でも驚くほど興奮した。

桜子に咥えられてイかされて、口の中に思いきり精を放ってしまった。

それだけでも信じられないことなのに、口一杯のソレを彼女は一瞬の躊躇もなくゴクリと飲み干したのだ。

貞淑で純情な女が乱れる姿ほどそそられるものはない。

恥ずかしげに朱に染まった首筋や頬。艶やかな黒髪を耳に掻き上げる仕草。

細くて華奢な指が俺のモノをさわさわと揉みほぐし、紅を塗らずとも赤みのある薄い唇が、そそり勃った剛直を苦しそうに咥えていく……

頭の中では駄目だ、ここでやめろとガンガン警笛が鳴り響いていたのに、彼女の魅力の前ではそんなもの無力だった。

惚れた女が自分の股に顔を埋めて俺を喜ばせようと必死になっているんだ。どうしてあれ以上拒むことができる？

いや、あんなのを目の前で見せつけられて我慢できる男なんてこの世に存在しないだろう。

だから彼女の口の中で果ててしまったのも、その後また我慢できずに最後までシてしまったのも仕方がない。

なんて……

「はっ……下手な言い訳だな」

「えっ？」

頭上の収納棚から小ぶりのスーツケースを取り出しながら自虐的に呟くと、後ろに立っている水口さんが顔にハテナマークを浮かべていた。

「いや、何でもない。行こう」

彼女のワインレッドのキャリーケースも俺が持ち、ボーディング・ブリッジに向かう列に加わる。

――それにしても……桜子がまさか自分からあんなことをしてくるなんて……

今は他に考えなければいけないことがあるはずなのに、油断するとすぐに思考が桜子に戻ってしまう。昨日の桜子は色っぽいなんてもんじゃなかった。あれはまさしくエロスそのもの。何が『君らしくもない』だ。その彼女らしからぬ行為に最初から期待満々だったくせに。口先では紳士ぶった台詞を吐いてみても、彼女がファスナーを下ろした時にはもう興奮しまくりで半分おっ勃ててたじゃないか。

――彼女に嵌まりすぎだ。重症だな。

「先生、昨日いいことでもありました？」

「えっ？　どうして……」

タクシーに乗り込んですぐに水口さんに指摘され、俺はドギマギする。

「顔がニヤけています。今晩会えなくて寂しいって、新妻に甘えられちゃいました？」

「あっ、いや……まあ……」

実際に甘えさせてもらったのは俺のほうなんだ……とも言えず、曖昧な笑顔で誤魔化しておく。

「少し不安げな顔はしていたけれど、今朝も笑顔で送り出してくれたよ。君によろしくくって言ってた」

「えっ、まさか先生は桜子さんに私と一緒だって話したんですか？」

「ああ、変に隠して勘繰られるよりはと思って、君と一緒に出張だと言ってある。あながち嘘じゃないだろう？」

「それは……馬鹿ですね」

——出た！

水口さんは優秀な秘書だし、落ち着きがあって素敵な女性だ。そして大人の女性を象徴するような真っ赤な口紅で彩られた唇で、時折冷やっとするほど辛辣な言葉を吐く。つまり毒舌なのだ。

それは出会った頃から変わっていない。

人によってはキツく感じるかもしれないが、裏表のないサッパリした彼女の性格を俺は好ましいと思っている。仕事もバリバリこなしてくれる大切なパートナーだ。

そんな彼女に俺は嘘をつかせている……

「は～っ、先生って本当に女心を分かってらっしゃらない」

「それは否定しないけれど……言っちゃ駄目だったんだろうか」

「まあ、他の女と泊まりがけの出張と聞いて喜ぶのは、夫を愛してないか、他に男がいる浮気妻くらいなものでしょうね。先生、馬鹿正直なのも考えものですよ」

「そうか……」

本当のことを言うと、昨日の桜子は明らかにおかしかったし、今朝玄関で見送る時も、無理に笑顔を作っているように見えた。

寂しいのかと思っていたが、そうか、水口さんが同行というのも引っ掛かっていたのか……

「……この際だからもう全部言っちゃいません？」

軽い口調でサラッと言われて、俺はハッと彼女の顔を見る。

「言うって……」

「私のことですよ。変に隠そうとするからギクシャクしちゃうんです。桜子さん、私と話す時は未だに緊張してるし、私だって言いたいことを言えなくて気まずいんですよ」

「それは……悪いけど……」

そう言う俺を、水口さんが険のある目で真っ直ぐ見つめ返してくる。

「私、こう見えても桜子さんのことは結構好きなんですよ。素直で真面目で一生懸命で……。ただ、どうしてあそこまで過保護にしなきゃいけないのかなって、たまにイラつく時もあります」

「なかなか辛辣だね」

「ええ。小さい子供じゃあるまいし、そこまで守ってあげなきゃいけないものなんですか？　まあ、日野先生がそうするって仰るのなら私は従うまでですが」

「俺は……大志から桜子を預かったんだ。だから、すまないけど……」

「いえ……差し出がましいことを言いました」

二人の間に気まずい空気が流れ、言葉が途切れた。それを取り繕うかのように、水口さんが一転して笑顔で話しかけてくる。

「それより日野先生、まずは家に寄ってくださるんですよね？　母が楽しみにしてるんです」

「ああ、ご挨拶（あいさつ）をさせていただくよ」

「よろしくお願いします。彬（あきら）、もうすぐお婆ちゃんに会えるからね」

——ああ、俺は桜子に嘘をついてばかりだな。

俺は水口さんと俺の間に座っている男の子に微笑（ほほえ）みかけてから、窓の外の曇った空を眺めて桜子を想った。

7　彼と彼女の出張

壁に掛かっている時計を見ると、針は午後六時過ぎを指していた。

――そろそろ夕食の準備をしなきゃ……

そう考えて、そうか今日は一人分だから大した料理は作らなくていいんだ……と思い直す。

今朝、玄関で冬馬さんを見送った私は、あれからマンションの部屋を片っ端から掃除した。

キッチンの油汚れを徹底的に落とした後は廊下のワックスがけ。お風呂の浴槽を力任せに擦(こす)ったせいで腕と肩が痛くなったけれど、ジッとしているよりはマシだ。

とにかく何も考えられないくらい身体を動かしていたかった。

汗だくになった身体をシャワーで洗い流し、くたくたに疲れてソファーでうたた寝してし……気づいたらこの時間だったというわけだ。

「面倒だな……」

自分だけのために料理をする気になれない。

それに食欲もないし……

冬馬さんは今ごろ水口さんと食事中だろうか。それともホテルのバーで語り合っている？

部屋は……隣同士なのかな。もしかしたら予約したのはツインルーム一部屋だけだったりして……

「ああ、駄目！」

ジッとしていると嫌な方向に想像が膨らんでしまう。やっぱり身体を動かしていなきゃ。

そう思って立ち上がった途端に、スマホが鳴った。

「冬馬さん⁉」

二コールですぐに応答する。電話の向こう側からは、半日ぶりのバリトンボイス。

『桜子、俺だよ。元気か？　今は話せる？　部屋にいるの？』

「はい、大丈夫です」

『寝起き？　声がちょっと掠(かす)れてる』

「ふふっ、気づかれちゃった。さっきまでソファーでうたた寝してて。一人だと気が抜けちゃって駄目ですね」

『駄目だよ、風邪を引くからちゃんとベッドで寝ないと。戸締りはした？　誰かが来ても迂闊(うかつ)にドアを開けないように』

「ふふっ、冬馬さん、お父さんみたい」

『えぇっ！　夫の愛情表現だと言ってくれよ』

ついさっきまで落ち込んでいたのが嘘みたいに心が晴れていく。やっぱり私の一番の特効薬は冬馬さんだ。

「冬馬さん……」

『んっ？』

「大好きですよ」

『……何？　急にどうしたの？』

「言いたくなっただけです。声が聞けて嬉しいです」

『うん』と返す声が柔らかく笑っている。きっと冬馬さんは顔を綻ばせているんだろう。

『うん……俺も愛してるよ。早く会いたいな』

駄目だ、胸が震えて涙が出そう。

「はい。私も……早く会いたいです」

『桜子、どうした？　泣いてるの？』

「大丈夫です。ただ……」

『ただ？』

「ごめんなさい、冬馬さん。私はやっぱり……焼きもちを妬いてるみたいです」

『桜子……』

電話の向こう側で冬馬さんが息を呑む気配があった。

引かれちゃったかな。出張くらいで嫉妬してって呆れているのかも……

だけど、わざわざ電話をくれた優しさが嬉しくて、『愛してる』、『会いたい』という甘い言葉が私の気持ちと重なって……今は正直になってもいいのだと思えるから……

「おりこうにして待ってますから……ちゃんと帰って来てくださいね」

素直な気持ちが言葉となって、スルリと口から零れ出た。

『そんなの……当然だろ。帰るに決まってる。ちゃんと帰るよ、桜子のもとに』

「……はい」

お互いに「ふふっ」と小さく笑って、暫く黙り込む。

私が照れて顔を熱くしているように、冬馬さんも顔を火照らせてくれているんだろうか。

『夕食はもう食べたの？』

「実はまだ。一人だと作る気になれなくて。冬馬さんは？　これからお食事ですか？」

『ああ、俺はこれから……』

『日野せんせ～！』

『こら、先生はお電話中だから邪魔しちゃ駄目でしょ！』

『やだ！　せんせ～！』

――えっ？

小さな子供の声と……水口さん？

「今のって……」

『いや、あの……水口さんの御実家がこっちでね。彼女のお母さんが夕食を準備してくださって……』

浮かれた気分に冷水を浴びせられたようだった。水口さんの御実家？　お母様？

そんなの私は知らない。聞いていていない。

だったら最初からそう言えば良かったのに、どうして内緒にしていたの？　子供が声を出していなかったら、隠しておくつもりだった？　その子は何？　どうして……どうして私だけが蚊帳の外なんですか？

「……そうですか。水口さんのお母様によろしくお伝えくださいね。それじゃあ、おやすみなさい」

『桜子っ！』

逃げるように電話を切って、私は寝室に駆け込んだ。

ふわりと鼻先をくすぐるウッディ・フローラルの香りで目が覚めた。

どうやら泣き疲れて眠ってしまっていたらしい。

「ごめん、起こしちゃったね」

——えっ……

「冬馬さん⁉」

ベッドサイドの明かりを灯すと、オレンジ色の光の中に私の顔を覗き込む彼がいた。

「えっ、何故ここに？」

「ん……何故って……」

ギシッと音をさせてスーツ姿の彼がベッドに腰掛ける。指先でネクタイを緩め、改めて私をジッと見つめた。

「二十一時の飛行機のチケットが取れたから帰ってきたんだ」

「二十一時って……」

今の時刻は午後十一時半。泊まりのはずだったのに、こんな遅い時間にわざわざ帰ってきたの？

「どうして？」

「どうして……って……」

冬馬さんが切なげに目を細め、私の髪をそっと撫でる。

「桜子が一人で泣いてるような気がして……」

慈しむように何度も何度も髪を撫でられ、再び涙腺が緩んできた私はフイッと目を逸らす。

「私は……泣いてなんて……」

「目が腫れてるし、頬に涙の跡がある」

「えっ、嘘っ！」

慌てて片手で目尻を拭うと、冬馬さんの手が髪から頬に移った。

「君がまた一人で泣いてるのかと思ったら、いてもたってもいられなかった」

「冬馬さん……」

「いや、違うな」

「えっ？」

「ただ単に……俺が桜子に会いたくて堪らなかったんだ」

両手で抱き寄せられて、髪の上からそっと唇が当てられる。私は彼の背中に腕を回して、朝よりも薄まったオーデパルファムの上品な香りを胸一杯に吸い込んだ。

「そんなことで……帰ってきちゃったんですか？」

「大丈夫。ちゃんと仕事は終わらせたから」

「それにしたって……」

「だって、泣く時は俺の胸で……って約束しただろ？」

「……はい」

頷きながら、どんどん肩の震えが大きくなる。

――ああ、私はまた冬馬さんに迷惑を掛けてしまったんだ。

だけど今は申し訳なさよりも嬉しさのほうが勝っていて……

「俺は……君を泣かせてばかりだな」

「これは嬉し泣きだからいいんです」

「そうか……」

「はい。……冬馬さん」

「ん？」

「お帰りなさい」

冬馬さんが弾かれたようにバッと身体を離して、一瞬驚いたような表情を見せる。

それからクスッと頬を緩め、オデコをくっつけて「ただいま」と甘ったるい声で囁いた。

「本当に君は……堪らないな」

鼻を擦り合わせて「キスしても？」と聞かれ、私は返事の代わりに自分から唇を重ねる。彼の首に両手を回してグイッと引っ張り、二人一緒にベッドに倒れ込んだ。

ネクタイを解こうと手を伸ばすと、それより先に冬馬さんが自分で解き、シュルッと襟から抜き取った。そのまま上半身を起こしてワイシャツを脱ぎ捨て、手早くベルトも外していく。

次に彼が私のモコモコしたルームウェアに手を掛けたところで、私は自らバンザイするように両手を上げた。それを彼が引き抜く。

布一枚の距離さえもどかしく、早く肌と肌をぴったりと合わせたくて……

あっという間に二人共裸になって、待ちきれず再び唇を重ねた。

口の中で愛撫をするかのように、舌を執拗に絡め合い、口蓋を丁寧に舐め回す。

混ざり合う唾液さえも愛しくて、飲み干すとそれは甘く官能的な味がした。

「あん……あ……っ……」

気づけば彼の右手が胸の膨らみを包み込んでいる。ゆっくりと揉みほぐし、捏ね回す。

唇が首筋に移り、ジュッと吸われると、鈍い痛みと共に喜びが湧き上がった。唇の位置が移動するたびに期待も膨れ上がっていく。

「まだ弄ってもいないのに乳首が勃ってるね」

そう言いながら先をペロリと一舐めされただけで、そこからビリビリと快感が走り抜ける。甘噛みされて、私は「ああっ！」と喉を曝して悲鳴を上げた。

右手で先端を摘み上げ指先でクリクリと転がしながら、彼はもう片方の胸を唇で吸い上げ舌先でレロレロと転がす。

両方の動きをシンクロさせて徐々にスピードを上げるその手に、ゾクゾクと私の全身が総毛立つ。

やがて彼の手が胸から離れ、腰のラインを辿って下りていく。お尻を丸く撫で、太腿にサワサワと触れたのは一瞬で、すぐに脚をグイッと開かれ、割れ目に指が挿し入れられる。クチュッと水っぽい音がした。

「ああっ！」

「桜子……いつもより感じてる？」

その言葉に閉じていた目を開けると、口角を上げた意地の悪い表情が視界に入る。

なんだか楽しんでるみたい。

「凄いな……もうグチョグチョだ。外に零れちゃってるよ」

「……意地悪」

「ふっ……嬉しいだけだよ。帰ってきた甲斐があった」

冬馬さんはそう言って再び胸に顔を埋め、右手の中指を蜜壺に沈めていく。ゆっくり出し入れされるだけで、さらに奥から溢れ出す。

中指で内側を掻き回しながら親指で蕾を捏ねられると、思わずビクンと腰が跳ねた。

——あっ、イっちゃう……！

なのに今まさにイきそうになった直前に、ズルリと指が抜かれ、動きが止まる。

——えっ、どうして？

「冬馬さ……」

「乗って」

――えっ？

「何を……」

「俺の上に跨って、自分で挿れて」

言われて一瞬固まった。

自分でなんてやったことがない。

――だけど……

それでも迷ったのはほんの数秒のことで、その次にはもう膝立ちで彼の腰を跨いでいた。

＊　＊　＊

――なんだコレ、エロすぎるだろ。

俺は桜子から目が離せないでいた。

今まで何度も彼女を抱いて恥ずかしい格好も散々させてきたけれど……自分から上に跨らせるのは初めてだ。

オレンジの薄暗い明かりの中で、陰影のついた白い肌が艶かしく揺らめいている。

俺の言葉に戸惑い恥じらう表情が余計に嗜虐心をそそっているなんて、気づいていないんだろうな。

「俺のを握って。ゆっくり腰を沈めて」

「……はい」

そっと握られただけで、俺自身がブルンと大きく跳ねた。彼女が蜜壷にソレを充(あ)てがい腰を落とすと、抵抗なくズルンと奥まで入っていく。

もうすっかり俺の形になった彼女のナカは、滾(たぎ)ったモノに絡みつき、喜んで呑み込んでいた。

「あ……んっ……」

目を閉じ顎(あご)を上げ、口をだらしなく開けて吐息を漏らす桜子……

その姿を見せられただけで早くも睾丸までパンパンに膨れ上がってヤバいのに、中からもギュウギュウ締め付けてくるせいで、油断するとすぐに持っていかれそうだ。

それにしても……今日の桜子は感度が凄(すご)いな。

身体の中心に下から硬くて熱い楔(くさび)を打ち付けられているんだ。いつも以上に奥まで届いて、子宮が収縮しているのだろう。

「桜子、動いて」

「でも、もう……」

――あっ、また締め付けてきた。

ああ、本当に堪(たま)らない。

桜子は元々綺麗な子だったけれど、男の身体を知ってからはさらに妖艶さと艶(つや)っぽさが加わって、大人の色香を放つようになっている。

事務所を訪れるクライアントの中にも彼女を性的な目で見てくる奴がいるし、通勤の行き帰りだって彼女を舐め回すような視線を何度感じたことか……

俺が一緒の時はまだしも一人で帰る時にもあの好色な視線を浴びているんだと思うと、はらわたが煮えくり返って奥歯をギリギリと噛み締めたくなる。

タイトスカート越しに揺れるあのお尻の丸みを駅の階段で知らない誰かに下から眺められているのか……。電車の中でどさくさに紛れて前や後ろを触られてはいないか？　まさかスカートの中に手を入れられては……

考えるだけで胸糞悪いのに、その姿を想像した途端、気持ちに反して下半身がズクンと反応を示した。俺は変態か。

「ああっ！　駄目っ！」

ナカでグンと大きくなった俺のモノで、桜子が感じているらしい。彼女の啼き声は腰にクる。早くイかせて俺もイきたい。

「桜子、桜子のココを……」

彼女の蕾に手を伸ばし、指先でツルリと一撫ですると、彼女の太腿がギュッと締まった。

「ココを、俺の身体に擦り付けるんだ。もっと気持ち良くなれる」

「そんなことをしたら、すぐに……」

「何度でもイけばいい」

なだらかに窪んだ彼女の腰を掴んでグイッと下から一突きすると、甘くて細い嬌声が上がる。

「あっ、ああっ！」

それに気を良くして彼女の腰を誘導する。彼女は素直に従い、自分でゆるゆると前後に動かし始めた。

中と外が同時に擦られて気持ちいいのだろう。最初は控えめだった動きが徐々に激しくなり、彼女が喘ぎ声を出しながら必死で股を擦り付けてくる。

花弁が徐々に捲られていき、中の蕾が剥き出しになったに違いない。絶頂を求めて腰の動きが速くなりグチョグチョと卑猥な音が響き渡ると、彼女は顎を上げて呼吸を荒くした。

「んっ……あ……あん……」

自分の痴態を下から蕩けそうな視線で見上げられていることも忘れ、俺のお腹に両手をついて、必死で前後に腰をスライドさせている。

「凄い眺めだな……エロすぎるだろ」

彼女の中で俺のモノがまたググッと質量を増したのが分かった。

「ああっ、駄目！」

「駄目じゃないだろ……イけよ」

再び下からゴリゴリと腰を押し付けながら蕾を弄ってやると、彼女の中でスイッチが入ったらしい。絶頂を迎えるべく腰を激しく振り続け、愛液をダラダラと垂れ流す。

最後は下半身をピクピクと痙攣させ、嬌声を上げて俺の胸に倒れ込んできた。

「イったね。気持ち良かった？」

「ん……」

そっと髪を撫(な)でる俺の胸に頬を寄せ、満足そうに余韻に浸っている。

――だけど……

「桜子、ごめん……まだ終わってないんだ」

俺は彼女の背中に腕を回し、キツく抱き締める。そのままズンと突き上げた。

「えっ？　ああっ！　今は駄目！」

まださっきの余韻が残っていて、ちょっとの刺激にも敏感になっているんだろう。一突きしただけで、ナカがビクンビクンと締め付けてくる。

「駄目じゃない、イイんだ……。今度は……一緒にイこう」

腰をさらに強く打ち付け、中でグリグリ回す。

「桜子も……腰を回して……」

俺に言われるままに彼女がゆるゆると腰を動かし始めた。二人の動きがシンクロして、新たな快感の波紋がじんわりと広がっていく。

「ふっ……本当いやらしいな。……最高だ」

「ああ……ん……冬馬さん……私、また……」

「うん、ナカでギュウギュウ締め付けてる。俺も……もう限界だ」

ラストスパート、桜子の腰をグッと掴(つか)み、突き上げるスピードを一気に速める。パンパンと連続で繰り出されるそれに耐え切れず、桜子が前のめりになって胸にしがみついてきた。

その背中を抱き締めたまま無我夢中で腰を振り続ける。荒い息遣いと淫靡な音だけが響き渡る部屋で……最後は俺が「イくっ！」と低く呻く。直後、いきなり静寂が戻った。

桜子のナカで俺自身がビクンビクンと拍動を繰り返し、熱い精を吐き出している。それが漸く収まって引き抜くと、ゴムの中はたっぷりの白濁液で満たされていた。

——ずっと自分は性欲が薄いと思っていたけれど……とんでもなかったな。

思わず苦笑すると、胸から顔を上げて見ていた桜子に怪訝な表情をされた。目が合うと彼女はフワッと柔らかく微笑んで、俺の胸にキスを落とす。

途端に胸一杯に温かい気持ちがブワッと込み上げてきて、愛しさで満たされる。

——ああ……俺はやっぱり彼女が大好きだ。ずっと一緒にいたい。

だからもう……覚悟を決めなきゃいけないのだろう。

桜子は、俺が話を逸らそうとすればしつこく問い詰めてこないに違いない。

自分の言葉も不安も呑み込んで、黙って俺のそばに居続けることを選ぶはずだ。

だけど、今にも泣きそうな顔を隠して、作り笑いで隣に立っているなんて……葬式で親戚の言葉に耐えていたあの時と何ら変わらないじゃないか。

俺が守りたかったのは彼女の笑顔だったはずなのに……こんなのは大志だって望んでいなかった。

だからといって、大志を裏切って、全てを打ち明けてもいいのか？

なあ、大志。俺はどうしたらいいんだろうな？

頼むから教えてくれよ……

8　初めての共同作業

私が冬馬さんの事務所で働き始めて三週間後、とうとう彼と初めての共同作業をすることになった。と言っても、結婚式でケーキに入刀する感動的なアレではない。

新しく法テラスの相談に来るクライアントがインドネシアの方で、会話に英語が必要になったため、私も通訳として面談の場に参加することになったのだ。

「本当に私で大丈夫でしょうか。普通に会話する分には問題ないと思うんですけど、お仕事となると自信がなくて……」

今までも事務処理や資料のファイリング等の傍ら、電話での応対やお茶出しくらいはしてきたけれど、今回はガッツリとクライアントに関わる仕事、しかも冬馬さんの隣で彼の言葉を通訳するのだから責任重大だ。

「自信なんていうのは、仕事を積み重ねて徐々につけていくものだ。今日は初回だし悩み相談みたいなものだから、そこまで緊張しなくても大丈夫。ただ、電話で話した感じだと、東南アジアの訛りがあって聞き取り辛いと感じたな」

「インドリッシュですね」

「へぇ～、インドネシア人の英語をそんな風に呼ぶの？」

「いえ、正式な呼称ではなくて、揶揄した言い方というか……ボストンで取ってた英語クラスにインドネシアの女性がいらしてて、そういう話題になったことがあるんです」

ボストンの学校には、国籍も年齢も性別もバラバラの人達が英語を学びに来ていたため、私を含めて皆、お国訛りが酷いものだった。

特にインドやパキスタンなどの南アジアの人の英語は日本人には聞き取り辛く、何度も聞き返していた記憶がある。

「ああ、例えば日本人の英語を、『お前の英語は下手くそだな。ジャパニッシュだ！』って笑い飛ばすようなものか」

「そう、そんな感じです」

「だったら桜子はインドネシア人の英語には慣れているんだね」

「慣れるとまでは行きませんでしたが、初めて聞く人より多少はマシだと思います」

私がそう答えると、冬馬さんは「そうか」と笑顔で頷いた後、表情を引き締めて、「とにかく桜子には、相手の声に真摯に耳を傾けることに注力してほしい」と言った。

法テラスには、悩みを打ち明けてスッキリしたいだけの人も来るし、追い詰められてギリギリの状態で救いを求めて来る人もいる。今日のクライアントはたぶん後者で、慣れない日本で必死に救いを求めているのだ。

彼女が何を望んでいるのか、こちらに何処まで関わってほしいと思っているのかを汲み取って、自分にそのまま全部伝えてほしいと冬馬さんに言われ、身が引き締まる。

「クライアントが最終的に目指すゴールを一緒に決めていくために、桜子の手助けが必要なんだ。よろしく頼むよ」

「はい、分かりました。精一杯努めさせていただきます」

「うん、頼りにしてる」

ポンと肩を叩かれて、そこから温かい気持ちと彼から寄せられる信頼が伝わってきた。

ふと、昔この部屋で仕事について熱く語っていた兄と冬馬さんの姿を思い出し、瞼の奥がジンとする。

あの頃は生き生きと働く二人に憧れているだけだったけれど……

――お兄ちゃん、私もやっと役に立てるようになったのかな。

兄と一緒に働くという夢は叶わなかったとはいえ、兄が大切にしていた事務所を、今は私の愛する夫が守ってくれている。

私だって、兄が与えてくれた貴重な経験を、冬馬さんからの信頼を、無駄にするわけにはいかない。

――うん、初めての共同作業、頑張ろう。

大きく深呼吸して震える身体を落ち着かせると、私は両手で頬をパシッと叩いて気合を入れた。

今回のクライアントは、ジャカルタから来たリタという女性だ。

冬馬さんの話によると、時間外の電話でいきなり啜り泣きが聞こえ、続いて『ヘルプミー、プリーズ！（助けてください）』と、訛りのある英語で喋りだしたのだと言う。

日本人以外の依頼は珍しいものの、電話口で感情的になり泣き出す人はよくいるらしい。

冬馬さんは彼女の話を聞いた上で、無料で相談に乗れる『法テラス』の制度を紹介し、今日の訪問に至ったのだそうだ。

午前十時に事務所の入り口に現れたリタさんは、少し褐色がかった肌にパッチリした黒い瞳、ゆるくパーマがかかった黒いセミロングヘアーの可愛らしい女性だった。

「スラマッ、シアン」

緊張した面持ちのリタさんに覚えたばかりのインドネシア語で『こんにちは』と挨拶をする。すると、彼女はビックリした後で笑顔を見せて、「スラマッ、シアン」と返してきた。

隣に立っている冬馬さんと目配せし合い、奥の応接室に案内する。

応接セットの黒いローテーブルを挟んで、奥の二人掛けのレザーソファーにリタさん、手前に二つ並んだ一人掛け用に、冬馬さんと私が並んで腰掛けた。

『はじめまして。私は弁護士の冬馬、日野冬馬です』

『はじめまして。あなたの通訳をさせていただく、八神桜子です』

まずは冬馬さんが、次いで私がゆっくりとした英語で挨拶をする。

弁護士事務所には、パートナーとの悩みを抱えて相談に訪れる人が少なくない。だから私は冬馬さんの提案で旧姓を名乗り、夫婦だということは伏せていた。

リタさんも『リタです。よろしくお願いします』と英語で返してくる。

――良かった。これなら英語で会話ができそうだわ。

握手を交わしたところで水口さんがコーヒーを運んできてローテーブルに置いた。私は水口さんに軽く会釈をした後で再びリタさんに向き直り、定型文通りの説明を始める。

このあたりの進行は、前もって冬馬さんと打ち合わせ済みだ。

『あなたが今日ここでお話しされることが、あなたの意思に反して外部に漏れることは絶対にありません。私があなたの言葉をそのまま彼に伝えますので、思っていることを遠慮なく仰ってください』

私の英語にリタさんはコクリと頷いたものの、緊張しているのか膝の上で指を組み俯いたままだ。

――ああ、これじゃ駄目だわ。すっかり萎縮させてしまった。

私は一つ深呼吸すると、ニコッと笑みを浮かべて見せた。

『はじめまして、私の名前は桜子です……これで合ってる?』

思い切って下手くそなインドネシア語を使ってみる。そこで漸く彼女は、『まあ、あなたはインドネシア語を話せるの?』と目を輝かせて英語で聞いてきた。

『いいえ、実は今回のために少しインドネシアの挨拶を覚えただけなんです』

『なんて優しいの！　ありがとう！』

『どういたしまして』

リタさんの顔にも笑みが浮かんだところで隣の冬馬さんをチラリと見ると、彼は満足げな表情で黙って頷いた。

それに勇気づけられるように背筋を伸ばし、私はフレンドリーに話し掛ける。

『リタさんは何歳？』

『二十一歳よ』

『まあ、私と近いわ。私は二十四歳なの。私を姉か友達だと思って、リラックスしてお話ししてね』

『こんな綺麗なお姉さんがいたら嬉しいわ』

『綺麗⁉　リタさんのほうこそ可愛らしくて……』

隣で冬馬さんがクスッと小さく笑った。

彼の英語力なら、通訳なしでも理解できているのだろう。私はコホンと軽く咳払いをして本題に入る。

『まず、ここに来るまでに起こったことを、最初から順番に聞かせてもらってもいい？』

途端にリタさんは黒い瞳を潤ませて、堰を切ったように話し始めた。

カタコトの英語に少しだけ知っている日本語を織り交ぜて、涙声で窮状を訴える。

彼女の話はこうだ。

彼女はジャカルタで、竹田浩道という三十四歳の日本人男性の家で通いのメイドをしていた。彼は日系企業の駐在員で、ジャカルタに新しく建築中の高層ビルに設置する高速エレベーターの現場責任者として来ていたのだ。

毎日彼の家に通って家事をしているうちに、彼とリタさんは恋人同士になり結婚の約束をする。

そして、彼の任期である一年半が過ぎ、彼が日本に帰る時、『日本に帰ったら必ず連絡する。向こうで待ってるから、日本においで』と言われた。ところが、彼からの連絡を待っていても音沙汰がない。二ヶ月待っても連絡がなく、心配になった彼女は、なけなしの貯金と友人からの借金で旅費を工面し、日本にやってきた。

彼から貰っていた名刺を元に会社まで会いに行くと、彼は大慌てでリタさんを喫茶店に連れ出す。そこで聞かされたのが、彼が実は既婚者で子供もいるということ。リタさんのことは好きだったけれど、インドネシアにいる間にちょっと付き合っただけで、まさか会いに来るとは思っていなかったということ。

さらに、結婚などする気は全くなく、帰りの旅費は払うからこのまま国に帰ってほしいと言われた……

『それは……辛かったでしょうね』

私がそう言うと、リタさんは唇を震わせ、涙を零した。

『日野はとても優秀な弁護士で、私も心から信頼している人です。彼と私であなたの問題を解決するお手伝いをしますから、一緒に頑張りましょう』

両手でリタさんの手を包み込むと、彼女は日本語で「アリガト、ゴザイマス」と返す。

この日本語も竹田浩道という男から教わったのだろうと考えると、胸が痛む。

「それでは早速、私から竹田氏にコンタクトを取らせていただきます。きっちりと責任を取らせましょう」

冬馬さんの言葉を合図に三人で立ち上がる。

『安心して。彼は若いけれど優秀で誠実な弁護士よ』

リタさんにそう告げると、『ええ、桜子とのやり取りを見ていたら、それがよく伝わってくるわ。それにハンサムだし。こんな人と一緒に働けてラッキーね！』と、意味ありげにウインクされた。

――えぇっ！　私の顔に出てた？

自然に振る舞っているつもりだったのに、私の冬馬さんへの恋心が溢れ出てしまっていたのだろうか。

『ええ……私もそう思う』

そう答えながらチラッと冬馬さんに目を向けると、彼は顔を赤くして片手で自分の首を撫でていた。きっと私の顔も、真っ赤になっていただろう。

「――それでは、また改めて連絡させていただきます」

「アリガト、ゴザイマシタ」

「リタさん、またね。サンパイ、ジュンパ、ラギー！」

『ハイ、桜子、また会いましょう』

次回のアポイントを入れた後、彼女は私達と握手を交わし、最後に私にペコリと頭を下げて去っていった。

その表情はまだ不安げではあったものの、最初よりは明るく和らいでいたと思う。

ドアが閉まるのを見届けてから、冬馬さんは私に右手を差し出した。

「初通訳、お疲れ様」

私がその手をそっと握ると、ギュッと力が込められて、彼の瞳が三日月のように細められる。

「ありがとう。優秀な通訳だった。君が機転をきかせてインドネシア語で話しかけてくれたから、リタさんの緊張を解くことができた」

「冬馬さんからクライアントがインドネシア人だって情報をいただいていたお陰です。せめて挨拶程度は……って付け焼き刃でしたけど、役に立って良かったです」

だけど……

「冬馬さん、いえ、日野先生、私の通訳がなくても普通にリタさんと会話できてましたよね？」

私が通訳する前にリタさんの話に相槌を打っていたし、返す英語も完璧だった。

「いや、俺のは日常会話レベルだから、やはり君がいてくれて良かったよ」

「ですが……」

「俺の英語はどんなに頑張っても『ジャパニーズイングリッシュ』だ。発音がまず違うんだよ。それこそ『ジャパニッシュ』だな。まだまだだ」

もしかしたら冬馬さんは私に英語の実践の場を与えてくれたのかもしれない。

元々、亡くなった義父は民事事件を主に扱っていたため、現在の『日野法律事務所』への依頼は離婚や相続の相談、事故の賠償などが多い。外資系企業との仕事に手を広げようとしていた兄がいない今、英語が必要になる場面はレアケースだ。

だから、数少ないチャンスを私に与えて、少しでも自信をつけるよう計らってくれたんじゃ……

と勘ぐる。

――ただ、彼は優しいから、本当にそうであっても絶対に認めはしないだろうけど……

「それに、アレ、君が何度も聞き返してくれたのも良かったよ」

「えっ？」

急に変化球で褒められて頭を捻る。

「リタさんの話で俺が『あれっ？』って疑問に思った部分を君が汲み取って、彼女に何度も聞き返してくれただろ？　あれはナイスフォローだった」

「ああ、それはボストンで学んだんです」

「向こうの学校で？」

「はい。先生に教わったんです。聞くことを怖がるな……って」

ボストンの学校には世界中からいろんな人種が集まってきていたけれど、共通しているのは、英語が上手じゃなくても物怖じしないということだった。ただ一人、私を除いては。

彼らは挨拶程度しか英語が喋れなくとも、発音や文法が滅茶苦茶であろうとも気にしない。

『私は英語が喋れます！』という顔をして、授業でもグイグイ前に出てくる。

一方私はというと、元々引っ込み思案な性格な上に英語力にも自信がなかったため、聞かれない限り自分からは意見を述べず、皆のディスカッションに耳を傾けているだけという日々を続けていた。

「そんなある日、講師のメアリーに日本語で話し掛けられたんです」

「何て?」
「『コンニチハ』って」
「一言?」
「そう、『コンニチハ』、あなたは日本語が喋れていいわね。私は英語しか話せないのよ。羨ましいわ……って」

メアリーは孤立していた私を見兼ねたのだろう。

『桜子、英語が話せないことは恥ずかしくないのよ。ここに来ている人達は、それをこれから学ぶために来ているんだから。国によってイントネーションが違うのは仕方ないの。知ってる? 同じアメリカの東海岸であっても、ニューヨークとボストンでは微妙に発音が違うのよ』
『あなたの英語の発音はとても綺麗で聞き取りやすいわ。読み書きに関してはあなたはトップレベルなのに勿体ない。自信をお持ちなさい』

そう言って励ましてくれた。

そしてさらに言われたのが、『桜子、聞くことを恐れちゃ駄目よ。分からないことをスルーして黙っていたら、周囲の人間は、あなたがそれを理解しているモノだと受け取って話を進めてしまうわ。相手の考えが分かっていないのに適当に頷くのは逆に失礼なことだと思わない?』ということだ。

「……その言葉で気づいたんです。『目から鱗』というか、『そうだ、私は英語を学びに来てるんだった』って。これから学ぼうとしてるのに、上手く話せないからと黙っていたら成長できない。

そう意識を変えたら、授業でも発言できるようになりました」

兄のお陰で実現したボストン留学で、私は本場の英語を学ぶだけでなく、素晴らしい出会いまでも与えてもらったのだ……

「良い先生に巡り会えたんだね」

「はい。メアリーとは今でも季節のカードを送りあったりメールで近況報告したりしてるんですよ。あっ！　結婚報告をしたら、冬馬さんにも会いたいって言ってました。是非ボストンに来てって」

「そうか……」

「冬馬さんはボストンには？」

「行ったことがないな。海外は大志と行ったフランスだけ」

そういえば、大学の夏休みに兄が冬馬さんと二人でフランス旅行に行っていた。

「でしたらボストンは私が案内しますね。お兄ちゃんと行ったシーフードレストランとか……」

兄の名前が出た途端、私達の間にあの病室の消毒液の匂いと重苦しい空気が漂った気がした。

『そんなこともあったね』と笑い飛ばすには、兄の死からはまだ日が浅く、その存在は大きすぎる。

「うん……そうだな。いつか一緒に行こう、ボストンに」

「……はい」

――そうですね、冬馬さん。大切な恩師にあなたを夫だと紹介して、兄と歩いたあの場所を、いつか一緒に歩きたい。

兄の存在を知る人が……この胸の痛みを分かち合える人が、そばにいてくれて良かった。

――それが冬馬さん、あなたであって良かったと、心からそう思っています。


「――良かった！　それじゃあ、こちらの条件を呑んでいただけたんですね」

リタさんが事務所を訪れてから五日後。彼女の代理人として相手側の男性、竹田氏と二回の会談を行った冬馬さんは、デスクの上にブリーフケースを置いて、「まとまったよ」と笑顔を見せた。

ギシッと椅子に腰掛けると、背もたれでグッと伸びをする。

「呑んでいただけた……っていうか、条件を呑ませた。リタさんが日本まで追い掛けてきて、しかも弁護士を雇ったって時点でビビッてたから、こっちが強気に出たらあっけなく折れたよ」

「良かった……」

「予定してた慰謝料に、滞在費用と交通費、日本に来なければ現地で得られていたであろう賃金分も上乗せして請求してやった」

最初は金額を見て、『同意だった』とか『そんなつもりじゃなかった』と渋っていた竹田氏も、リタさんと二人の写真を見せられた途端に完全降伏したらしい。

「だけど日野先生、たまたま肩を組んでイチャイチャしてる写真があったから良かったものの、なければ泣き寝入りだったかもしれないんですよね？」

三人分のお茶を運んで来た水口さんが、不満げな口調で言う。彼女が自分のデスクから椅子を持って来て私の隣に陣取り、冬馬さんのデスクを囲んでの座談会になった。

「そうだね、こういうのは女性側が泣き寝入りのパターンも多いんだ。相手が日本に逃げてしまうと裁判を起こすのはハードルが高い」

「泣き寝入り……ですか」

冬馬さんは「うん、そうだな」と私に頷いて話を続ける。

開発途上国に行くと、現地の従業員に無茶な要求をしたり、ハメを外して女遊び……現地妻を作ったり、ヤリ逃げをする日本人駐在員は少なくないという。

「自分達の企業が『儲けさせてもらってる』ことを忘れて、『投資をしてやってるんだ』って上から目線になるんだろうな」

「失礼極まりないわね。『旅の恥はかき捨て』とでも思ってるのかしら」

水口さんが憤懣やる方ないという表情で湯呑みを口に運ぶ。

「酷いですね」

「ああ、今回の竹田は小心者だったから、自分のやったことを認めて二回の話し合いで済んだけど、前の事務所で担当した案件は『やった側』、つまり訴えられた男性側の弁護だったから、仕事とは言え気分がいいものじゃなかったよ」

「そうですか。日本人がそんな卑怯な人ばかりではないと知ってもらえたらいいんですけど……」

「少なくともリタさんには優しい日本人もいるって伝わったんじゃないかしら？　桜子さん、見送りに行くんでしょ？」

「はい。ご迷惑をおかけしますが、よろしくお願いします」

「大丈夫よ、事務所の留守番は私がしておくから」

今日、竹田氏との交渉を終えた冬馬さんは、その足でリタさんとホテルのロビーで会い、書類の手続きを済ませてきた。

その際、私にも御礼を伝えたいと言うリタさんのために冬馬さんが電話を掛けてくれて、話の流れで、空港でお見送りすることになったのだ。

「そこまで立ち入っていいのかとも思ったんですが、日本の空港は慣れてないって言うし、少しでも明るい気分で帰国してほしくて……」

「心配ない。俺はその日、午前中に家庭裁判所に行くから、事務所には水口さんがいてくれれば事足りるよ」

「ありがとうございます。水口さん、よろしくお願いします。リタさんのお見送りが終わったら、直接こっちに戻りますね」

「大丈夫よ、ごゆっくりどうぞ」

水口さんが淹れてくれた緑茶を口に運びながら、私は彼女の横顔をそっと窺ってみた。けれどその笑顔には屈託がなく、交わす会話にも不自然さはない。

あの冬馬さんと水口さんの出張の後、給湯室でお茶を淹れつつ私は何気ない感じを装って、彼女に聞いてみた。

『あの……水口さんって、今、彼氏は……』

『ああ、ごめんなさいね。私、プライベートな話はあまりしたくないの』

その瞬間に彼女の表情がスッと翳って空気が凍りついたのが忘れられない。

それは私の……私と冬馬さんの結婚が影響しているんじゃないかと思ったものの、怖くてそれ以上は聞けなかった。

私は意気地なしだ。

『水口さんと以前付き合ってたんですよね？』

そう、冬馬さんにサラッと聞いてしまえばいいのに、それができずに一人で悶々としている。

案外、『ああ、昔のことだしもう関係ないよ』、『今は桜子だけだから心配いらないよ』と言われてあっけなく終わるかもしれないのに。

いつまでも自信がなくて臆病な私は、同じ所に立ち止まったままだ。

「――それにしても、本当に桜子さん、凄かったわね」

「えっ？」

ぼんやりとしていた私が我に帰ると、水口さんがこちらを向いて目を輝かせていた。

「英語の発音が綺麗でネイティブみたいだった」

「いえ、私はまだまだ……」

彼女は顔をグイッと近づけて、私の目をジトッと見つめる。

「桜子さん、こういう時は素直に認めておけばいいの。謙遜は美徳でも、自分が努力した成果を自分で褒めてあげることも大切よ」

「……はい、ありがとうございます」

そして私の返事を聞くと優しく目を細め、立ち上がった。

「お茶が空になったわね。淹れ直してくるわ」

「あっ、私が！」

「ああ、いいの、いいの」

水口さんは腰を浮かしかけた私を制して、トレイに湯呑みを載せていく。

「あっ、日野先生、先生が買ってきてくださったどら焼きをお茶請けに出してもいいですか？」

「勿論。俺はいいから二人で食べてよ」

「ありがとうございます」

水口さんと一緒に働くようになって気づいたのだけど、彼女は美人で優秀なだけではなく、優しくて、そして何というか……想像とは違って、とても気さくな人だ。

『竹を割ったような性格』とでも言うのだろうか。気さくでサッパリしていて、男勝りなところがある姉御肌。

冬馬さんとのことがあるから、少女漫画やドラマで見かけるようなお約束の嫌がらせ……例えば用意しておいた書類を隠されるとか、お茶を運んでる最中にぶつかられるとか……なんてことを覚悟していた私は、優しく丁寧に仕事を教えてくれる彼女に、親愛の情まで感じ始めていた。

給湯室に向かう姿勢の良い背中を見送りながら、話題は自然と彼女のことになる。

「水口さんって、素敵な女性ですね」

「そうだな」

「事務所に残ってくれることになって良かったです」

「うん、本当に」

けれど躊躇なく肯定されて、自分で言ったくせに少し妬ける。

元々水口さんは、私に一通りの仕事を引き継いだら事務所を辞める予定だった。それが一身上の都合で引っ越しがなくなったそうで、このまま残ってくれることになったのだ。

事務所としてはもう少ししたら新たにもう一人弁護士を加えることを検討しているというのもあって、即戦力である彼女がいてくれるのは心強い限りだ。

――冬馬さんも彼女を頼りにしているし……ね。

「彼女、モテるんでしょうね。きっと世の男性からは引く手あまたで……」

チラッと冬馬さんの顔色を窺いながら振ってみる。すると彼は何故か軽く肩をすくめ、「いやぁ～、あれで男を見る目が……」とボソリと呟いた。

――えっ？　男を見る目……って、冬馬さんが水口さんと別れて私と結婚しちゃったことと関係してる？

「……そういうことを平気で言っちゃうんだ」

「えっ？」

「いえ……何でもないです」

冬馬さんは今では私を好きでいてくれる。

それは彼の態度や目つき、言葉遣いに溢れているから確信できる。

それじゃあ、水口さんは？

好きだった人とその妻と同じ職場にいて、彼女は心が苦しくなったり悩んだりしないのだろうか。

――私なら絶対に耐えられない。

そりゃあ冬馬さんは私が水口さんとの関係を知ってるとは思っていないから、平気でサラッとこういうことも口にしちゃうんだろうけど……それでも、多少の気まずさとか申し訳なさみたいなのがあって然るべきなんじゃないだろうか。

私はいつの間にか水口さん側の立場になって考えていた。それはリタさんや辛い思いをしている女性達の話を聞いた後だからなのかもしれない……

「……それにしても、今回みたいなケースを見ると、英語力が必要だってしみじみ思うわ」

暫くして給湯室から戻ってきた水口さんが、私の目の前にお茶の入った湯呑みをコトリと置いた。

「水口さんだってTOEIC八百点を超えてますよね？」

「ああ、全然駄目。テスト前に必死で詰め込んだ知識なんて、普段から使わなきゃ抜け落ちちゃうもの。海外で、英語を使わなきゃいけない環境に自分を置くことって大きいと思う」

「そうですね。たった一年間でも、ボストンでの生活は貴重な経験になりました。そのチャンスを与えてくれた兄には本当に感謝しています」

「そうね……八神先生は桜子さんを溺愛してたものね」

「ふふっ、そうですか？　出来の悪い妹だって嘆いてませんでしたか？」

「とんでもない！」

水口さんは手に持っていた湯呑みを茶托にゆっくり置きながら、懐かしむように目を細める。

「八神先生は桜子さんを誇りに思ってらしたわよ。あなたがボストンに行った後も、『今日はパソコンで顔を見て話せた』、『今日は電話をした』って、ここで嬉しそうに語ってて……。ねえ、そうですよね？　日野先生」

「ああ、まさしく『目に入れても痛くない』って感じだったな」

水口さんに話を振られて、冬馬さんも頷く。

「私ね、八神先生に『妹さんが可愛いのは分かりますけど、ご自分も彼女を作って妹離れをしたらどうですか？』って言ったことがあって」

「えっ、それで兄は何て？」

「『俺は桜子の幸せを見届けるまで、そんなことは考えられない。そして桜子の彼氏は、俺が認めた奴じゃなきゃ駄目だ』って。それが日野先生だったっていうのは納得よね。認められて良かったですね、日野先生」

「……ああ、そうだな」

その瞬間、冬馬さんの表情が明らかに曇ったのが分かった。

「あ〜あ、それにしても、私も本格的に勉強し直したいわ。子供がいなかったら今からでも留学したいんだけど……」

――えっ、子供？

「あのっ、水口さん、子供って……」

「水口さん！」

私の声を掻き消すように、冬馬さんの大きな声が事務所に響き渡る。

「水口さん……そろそろ仕事に戻ろうか。お茶を片付けたら、この書類のファイリングを頼みます」

冬馬さんがガタンと立ち上がって書類を差し出し、水口さんが「あっ、ごめんなさい……」と気まずそうな表情でそそくさと湯呑みを回収し始めた。

——今のは……何？

絶対におかしい。途中で急に空気が変わった。

どこから？

リタさんの話、留学の話、お兄ちゃんの話……そう、冬馬さんがお兄ちゃんに認められたってあたりで冬馬さんの顔色が変わって、それから……

『子供がいなかったら今からでも留学したいんだけど……』

急に冬馬さんが大声を出して、水口さんも気まずそうに謝って……

出張の日に電話口で聞こえた子供の声は……やっぱり水口さんのお子さんだったんだ。

子供がいるのならそう言えばいい。どうして隠すの？　私には言えないような秘密が、二人の間にあるの？

急に呼吸が苦しくなって、身体がブルッと震える。

それが慣れない大声を聞いたからなのか、秘密の正体を恐れているからなのか、自分でも分からなかった。

9　衝撃の事実

瞼を照らす、ぼんやりとした光を感じて、夜中にふと目が覚めた。

そっと隣を見ると、オレンジ色の薄明かりの中で、冬馬さんがヘッドボードに背中を預けてジッと前を見ている。

左サイドから当たっている灯りが彼の顔半分に陰影を作って、彫りの深さを際立たせていた。

——やっぱり彫刻みたいに綺麗だな……

こんな時でも見惚れてしまう、そんな自分が酷く滑稽に思えて、静かに苦笑する。

リタさんの件が無事に終わったというのに、今夜の私達には、事案解決の高揚感も、晴々とした笑顔もなかった。

気まずい空気が流れ、その後は正面から目を合わせることもないまま仕事を終えたのだ。

あれから冬馬さんはクライアントと食事を兼ねた打ち合わせがあり、私は家で一人さみしく夕食を済ませた。

『お帰りなさい』

『ただいま』

『お風呂に入りますか？』

『ああ、その後、書斎で仕事をするから、君は先に休んでていいよ』

今夜私達が交わした会話は、ほんの数秒の、たったそれだけ。

言うべきこと、聞くべきことがあるはずなのに、お互い不自然に、そこには触れないままだ。

二人の間に透明なガラス板のような冷んやりしたものを感じながら、私は一人でベッドに入ったのだった。

もう一度改めて彼の横顔を見上げる。

その目は何処かを見ているようで、でも何も映していないようで……私には見せたことのないその表情が、なんだか怖かった。

「冬馬さん……眠れないの？」

「えっ？　ああ、ごめん。眩しかったね」

ベッドサイドライトに手を伸ばすパジャマの袖をそっと掴んで引き止めると、彼が「えっ？」という表情で振り向いた。

「仕事の心配？　それとも他の悩みごと？」

すると冬馬さんは自分の袖から私の手をそっと引き離す。

「心配させてごめん。大丈夫、ちょっと仕事のことを考えてただけ。起こして悪かったね。おやすみ」

彼は私の髪を一撫ですると、ライトを消して布団を被る。その背中がなんだか拒絶しているみたいで、私は酷く不安で悲しくなった。

「冬馬さん……キスして」

そっと背中に顔を寄せる。彼は身体ごとゆっくりこちらを向いて、唇に軽く触れるだけの優しいキスをくれた。

再び背中を向けようとするのを私が右手で引き留める。大きな背中がピクッと跳ねた。

「冬馬さん……私じゃ駄目ですか？」

「えっ？」

「私じゃ冬馬さんの相談相手にもなれないですか？」

「桜子……」

暗闇の中で、冬馬さんの猫のような瞳がジッと私を見つめている。

その先の言葉を告げるのには、勇気が必要だった。

冬馬さんはいつだって優しい。いつも私を甘やかして大切にしてくれる。

だけど、それだけじゃもう嫌なのだと伝えるのは、この優しい人を困らせることになるのだろうか……

それでも私は言わずにいられなかった。

「……冬馬さん、私に何か隠してますよね？　そんなに暗い瞳をして、何を考えているんですか？　私は……冬馬さんの奥さんでしょ？　それとも私じゃ子供すぎて駄目ですか？　水口さんみたいに大人じゃないから……」

「桜子、違う！」

一度口に出すと気持ちが昂って、言うつもりのなかったことまで喉元に迫り上がる。

――駄目だ、この先は……

だけどもう、自分でも止めることができなかった。

「私には言えないことも、水口さんになら言えるんですか？　私なんかじゃ頼りなくて、彼女の代わりにもなれないですか？」

「桜子、何を言って……」

「本当は私と結婚したことを後悔してるんじゃないですか？　公私共にパートナーは……結婚相手は、水口さんのほうが良かったたって……だったら私は……」

「違う！　桜子、聞けっ！」

大声で怒鳴られてビクッとした。私が身を竦めたのを悟って、冬馬さんが慌てて抱き寄せ背中を撫でてくれる。

「桜子、ごめん……怖がらせて悪かった」

「違う。冬馬さんが悪いんじゃない。私が……」

私がただ不安になっただけ。

勝手に嫉妬して拗ねてるだけ。

敵いもしないのに、水口さんに張り合おうとしてるだけ。

――こんなの、私がやっぱり子供だって曝け出しているだけだ。

情けなくて恥ずかしくて、冬馬さんの胸に顔を埋めながら、涙が溢れてくる。

「勝手に怒って勝手に泣いて……やっぱり私は駄目ダメですね」

「桜子……」

「これじゃ、奥さん失格……」まで言ったところで、冬馬さんの腕に力がこもって、頭と背中をさらにギュッと抱え込まれた。

「桜子は何も悪くない。俺には勿体ないくらいの最高の女性だ。頼むから、『私なんか』とか『駄目』だとか、自分を卑下するようなことは言わないでくれ。俺の最愛の人を貶めることは……たとえ本人であっても許さない」

「冬馬さん……」

胸からそっと顔を離して見上げると、優しく細めた切なげな瞳が見下ろしていた。

「桜子……愛してるんだ。大好きで大切で……やっと手に入れたんだ。絶対に離したくない」

その言葉に嘘がないと伝わってきたから、私は黙ってコクリと頷く。

「だから……怖いんだ。お前に嫌われるのが」

「えっ？」

「お前に相応しくないのは俺のほうだ。こんなに純粋で真っ直ぐな子を……俺は汚したんだ」

そのまま彼は口を閉ざす。部屋の中に沈黙が落ちた。

冬馬さんの身体が微かに震えている。彼の不安や苦しみが伝わってきて、私まで泣きたい気持ちになった。

——何を悩んでいるの？　何がそんなに苦しいの？

あなたは何を、隠しているんですか？

「冬馬さん……大好きですよ」

背中に回された腕がピクッと動いた。

「冬馬さん、大好き。愛してる。こんなに好きな気持ちが溢れてるのに……まだ私の想いは届いていませんか？」

「桜子……」

「この先どんなことがあったって……たとえ裏切られたり傷つけられたりしたとしても……悲しみこそすれ、嫌ったりなんてしません。こんなに好きになってしまっているのに……私が冬馬さんを嫌いになれるはずがないじゃないですか」

ゆっくり身体を起こして冬馬さんの顔を見下ろすと、黒い瞳が不安げに揺れていた。今にも泣き出しそうなその顔が、まるで迷子の子供のようで、『愛しい』という気持ちが込み上げてくる。

「冬馬さん、大好き……」

そっと自分から唇を寄せると、さらに愛しさが湧いてきた。

もう一度、今度はもっと長く口づける。

「……桜子っ」

彼に強く抱き締められ、そのままグルンと身体をベッドに押し付けられた。

今度は上から冬馬さんが覆い被さる。こじ開けられた唇からヌルリと舌が入り込んできた。

食べられるかと思うような激しいキス。必死で応えていると、いつの間にかレースのベビードールが裾からたくし上げられ、冬馬さんの右手が胸元まで侵入していた。

大きな手のひらがやわやわと胸を揉みしだく。

「んっ……あっ……」

「桜子……愛してる」

キスがやみ、熱い瞳と目が合った。それも束の間、唇は胸へ、右手はショーツの中にスライドし、刺激を与え始める。

「あっ……ああっ！」

彼の長く細い指が身体の中心で激しく動き、敏感な部分を執拗に攻め立てる。私は身体をのけ反らせ細い叫び声を上げながら、あっという間に達してしまう。

「桜子、まだだ……」

目を閉じてぐったりしていると、冬馬さんの両手がショーツにかかる。

あっと思った瞬間にはショーツが取り払われ、露わになったそこをグイッと開かれた。

「いやっ！　まだ……っ！」

溢れてきた蜜をジュルッと啜られ、舌先で器用に蕾を剥かれ、剥き出しのソレに吸い付かれる。

痛みとも痒みとも区別の付かないビリッとした刺激が走り、敏感になっていたそこはすぐに快感に呑み込まれ、ヒクヒクと痙攣を始めた。

それを確認した冬馬さんが、無言で身体の中に入り込み内側から激しく攻めてくる。

「桜子、まだバテないで。まだだ……もっと奥に行きたい……」

私の脚を抱え込み、奥まで勢い良く突き上げた。

「やっ、ああっ！」

絶え間なく続く、いつになく性急で荒々しい行為。

甘い言葉も囁きもなく、聞こえてくるのは二人の喘ぎ声とベッドの軋みのみ。

怒りなのか哀しみなのかも分からない熱をひたすら打ち付けられて、私自身も嬉しいのか悲しいのか分からないまま……知らずに涙が溢れていた。

休む間もなく次々と訪れる快感の波。度重なる絶頂に翻弄された私は、白々と夜が明ける頃になって意識を失い、漸くこの天国のような地獄のような時間から解放されるのだった。

「桜子、お前は俺のものだっ……！」

意識を手放すその刹那、彼の泣き出しそうな声を聞いたような気がしたけれど……それさえも弾けた光の向こう側に消えていった。


「……こ、……桜子」

遠くで名前を呼ばれたような気がしてゆっくり瞼を上げる。そこには心配そうに覗き込んでいる冬馬さんの顔があった。

「桜子、大丈夫か？　起きられる？」

「あっ……今、何時ですか？」

「朝の七時。体調はどう？　朝食は食べられそうか？」

「……はい」

ベッドから足を出して立ち上がろうとして、私は足腰に力が入らないことに気づく。

「……無理だな」

「無理……みたいです」

「昨夜は……申し訳なかった。乱暴で強引だった」

「いえ……私がそうしてほしいと思ったので……」

冬馬さんがベッドにギシッと腰を下ろして、私の手を力強く握った。

「桜子……」

――あっ……

猫のような瞳が自信なさげに揺れている。

けれど一つ瞬(まばた)きをした後はその瞳に強い意志が宿り、私を真っすぐに見据(みす)えた。

――あっ、何かを決心したんだ……

私がベッドの中で姿勢を正すと、冬馬さんの手にさらに力が加わる。

「まず……俺は君を心から愛している。それだけは分かってほしい」

「はい」

――はい、冬馬さん、私もです。

「桜子……俺は君に内緒にしていることがある」

「……はい」

――それは多分……水口さんのこと。

冬馬さんはそこまで言って睫毛を伏せると、次の言葉を必死で探しているようだった。けれど、思い切ったように視線を戻して、口を開く。

「それを聞いたら……君は俺のもとから離れていくかもしれない」

「そんなことっ！」

「いいんだ、聞いてくれ。今まで不安にさせてすまなかった。だけど……今度の四十九日法要、その日まで待ってほしい」

「兄の納骨式ですか？」

「ああ。法要の後に御両親と同じお墓に納骨して……そこで、全てを話す」


火曜日の羽田空港、三階のチェックインカウンターは、平日の午前中ということもあって、ビジネスマンらしいスーツ姿の人達が目立っていた。

十一時四十五分発ジャカルタ行きのチェックイン手続きを済ませると、リタさんはお土産の入った紙袋を左手に持ち直して右手を差し出す。

「桜子、アリガトゴザイマシタ」

恋人だと思っていた人との再会は悲しい結果に終わったけれど、少しずつ気持ちの整理がついてきたのだろう。最初に会った時の悲痛な表情は消え、今はスッキリとした笑顔を見せている。

『リタさん、お気を付けて』

『色々ありがとう。日野先生にもよろしくお伝えください。彼と仲良くね』

——えっ!?

『……どうして分かったの？』

『フフッ、二人の目を見ていれば分かるわ』

ウインクしながらそう言われて、顔が火照る。

そうか……私達が特別な関係だということが、リタさんにはバレていたんだ。

自然に振る舞っていたつもりでも、私の態度や視線で丸分かりだったのだろう。

——修行が足りないな、気を付けなきゃ。

だけど、他人からそう見える空気が私と冬馬さんの間に流れていたのなら、嬉しい。

『彼は優秀な弁護士なだけじゃなくて、男性としても魅力的よね。桜子が羨ましいわ』

辛い経験をしたばかりの彼女の前で手放しで喜べず、私は曖昧に微笑む。するとリタさんが屈託のない笑顔で抱きついてきた。

『あなた達は本当にお似合いよ。彼とお幸せにね！』

『ありがとう。私もあなたの幸せを心から願ってる』

しっかりと固いハグを交わしてから、彼女がセキュリティゲートをくぐるまで手を振って見送る。

どうか彼女が日本を好きでいてくれますように。そして、今度こそ素敵な出会いがありますように……

そう祈りながら、私は空港を後にした。

電車に乗って一息ついたところで、一昨日の晩からの出来事を改めて思い返してみる。

冬馬さんと水口さんが私に隠し事をしているらしいと気づき、さらに冬馬さんが夜中に考え事をしている姿を見て不安になった私は、感情的になって彼に詰め寄った。

思い余って自分からキスをして逆に激しく求められ、最後には意識を失って……

あまりの激しさに昨日の朝は暫く動けず、結局二時間遅れての出勤となった。

その結果、冬馬さんと水口さんを二人きりにしてしまい、ジリジリとしながら午前中をベッドで過ごしていたのだ。

——あの夜は……いつもとは違っていた。

いつもの冬馬さんは、こちらが焦れったくなるほどゆっくりと全身を愛で、解し、蕩けきるまで待っていてくれる。

丁寧な愛撫と甘い囁きで身も心も幸福に満たされて、抱かれるたびに女である喜びを感じられる。

それが当たり前だと思っていた。

優しい行為に慣れきっていた私は、生まれて初めての激しい交わりに、こんなセックスもあるのかと大きな衝撃を受けたのだ。

あの夜の冬馬さんは、まるで何かを忘れたいかのように一心不乱に私を求め、攻め続けた。

性急に中に入ってきたかと思うと、後は容赦なく突き上げられ、揺さぶられた。

何度も絶頂を迎え、もう無理だと懇願しても、私の声など聞こえていないみたいに激しく乱暴に貫いたのだ。

欲望の塊をぶつけるだけの、激しくて獣じみた行為。

だけど、そんな行為に恐れ慄きながらも、いつも以上に強い快感を覚え、乱れ、喜びの声を上げたのも事実で……

私は夢中になって彼にしがみつき、気づくとその背中に爪を立てていた。

私の左肩に冬馬さんの噛み痕が残されているのと同様、冬馬さんの背中には、今も生々しい爪の痕が残っているはずだ。

――私って実は淫乱だったのかもしれない。

あの夜の痴態を思い出すと顔が赤くなり、思わず両手を頬に当てる。

私自身が初めて知った自分の顔があるように、冬馬さんにも私に見せていない隠れた顔がいくつもあるのだろう。そのうちの一つを、お互いあの夜に曝け出したんだ。

そして四十九日の法要後には、きっとまた新たな彼の顔を知ることになる。

『怖いんだ。お前に嫌われるのが』

『俺は君に内緒にしていることがある』

『それを聞いたら……君は俺のもとから離れていくかもしれない』

私は、冬馬さんにこう返事をしていた。

『冬馬さん、分かりました。今週末の法要までは、私ももう無理に聞き出そうとはしません。だけど、覚えていてください。私は冬馬さんから何を聞かされようとも、冬馬さんがそう望まない限り、自分から離れていくことはありませんから』

私が逃げ出したくなるであろうほどの秘密とは、一体何なんだろう。

やはり水口さんに関係しているのだろうとは思うけれど……

これだけはハッキリしている。

どんなに衝撃的な事実が私を待ち構えていても、彼がそれを望まない限り私から彼のもとを去ることはない。

そう決めた。

『桜子、お前は俺のものだっ……！』

私が意識を手放すその刹那(せつな)、彼が精を放ちながらうわ言のように呟(つぶや)いた、あの言葉……

それが今の私の支えとなっている。

——そうですよ、冬馬さん。私はあなたのものです。

どうか私を、絶対に手放さないで……


事務所の最寄駅に着いたのが正午ちょっと過ぎ。ちょうどお昼休憩の時間に差し掛かっていたので、私は食後のデザートにと近所のお店でフルーツタルトを三個買い、ビルへ向かった。

エレベーターで四階まで上がってドアを開けると、予想に反して二人の姿が見えない。

——あれっ？　冬馬さんはまだ家裁から戻ってきてないのかな？　それにしたって水口さんは事務所にいるはず……

その時、給湯室のほうからボソボソと話し声が漏れてきた。

――ああ、そっちに……

自分もお茶を淹れるのを手伝おうと一歩踏み出した途端、感情的な声が聞こえてきて私はビクッと足を止める。

「そんなのあんまりじゃないですか！」

水口さんだ。

「いつまで内緒にしておくつもりなんですか！　こんなの最低ですよ！」

彼女がこんなに感情的になっているのは珍しい。

立ち聞きはよくないと思いつつも、もう一歩近付いて耳を澄ませた。

「分かっている。君の言うことはもっともだ。全部俺が悪い。だけど、もう少しだけ待ってほしい。桜子の兄である大志に赦しを乞わなければ、俺は先に進めない」

「大志、大志……って、生きてる私達の気持ちよりも、そこまで八神先生の遺志が優先されなきゃいけないんですか？　私のことだって……」

「君にも隠し事をさせることになって申し訳ないとは思っている。桜子と仲良くなった今は、尚さら辛いだろう」

――えっ？　先に進む？　隠し事？

これは明らかに、痴話喧嘩……

「とにかく……当事者の桜子さんだけ蚊帳の外だなんておかしいですよ！　彼女は小さな女の子じゃない、立派な大人の女性です。きっともう何を聞いたって大丈夫。ちゃんと話しましょうよ」

「分かっている。だけど……」

「往生際が悪いですよ！　日野先生が言わないのなら、私が言います！」

「待ってくれ！　彼女には俺からっ！」

――あっ、駄目だ。ここから離れなくちゃ！

だけど、気持ちに反して足が床に吸い付いたように動かない。

スライドドアがガラリと開く。水口さんが、そしてそれを追い掛けるように冬馬さんが、出てきた。二人同時に私に気づき、ピタリと動きを止める。

それはほんの一瞬の出来事。

水口さんが私を見て、自分の手元に視線を移して……すぐにサッとそれを背中に回す。

だけど、もう遅い。私はそれを目にしてしまった。

水口さんが握っていたもの……慌てて背中に隠したのは……クリアファイルに挟まれた、見覚えのある書類。

「私と冬馬さんの『婚姻届』を、どうして水口さんが持っているんですか？　それは冬馬さんが区役所に提出したはずでしたよね？」

「桜子さん、これは違うの！」

「桜子、違うんだ！」

「何が違うんですか!?　私が同情で結婚を受け入れてもらったことですか？　冬馬さんに愛されていると勘違いしたことですか？　婚姻届も出されていなかったのに……冬馬さんの妻になったと信

じ込んで浮かれてたことですか!?　それとも……それとも、その全部……」

そのまま踵(きびす)を返して、さっき自分が入ってきたばかりのドアを開ける。

「桜子っ、違うんだ！　聞いてくれ！」

「触らないでっ！」

腕に触れた彼の手を勢い良く振り払って、エレベーターホールへ足早に向かう。

「桜子、頼む！　とにかく話をっ！」

小走りで廊下を進む私に並走して、冬馬さんもついてきた。

「行かせない……話を聞いてくれ。お願いだ」

無言でエレベーターのボタンを押した私の前に冬馬さんが立ち塞(ふさ)がり、私達はじっと見つめ合う。

暫(しばら)く黙ったまま睨み合いになっていたところで、チンと音がして隣のエレベーターが開いた。

「ああ、日野先生、今日もよろしくお願いします……あれっ？　今からお出掛けでしたか？　確か午後一時でお願いしてあったと……」

「いいえ、牧野(まきの)様、一時で間違いございません。お待ち申し上げておりました、こちらへどうぞ」

私が先に立って歩き出すと、冬馬さんも顔を曇らせつつ、牧野夫妻の後からついてくる。

ちょうど良かった。親の遺産分割についての相談で二回目のアポが入っていたクライアントだ。

事務所のドアを開けて牧野夫妻を通すと、中にいた水口さんに声を掛ける。

「午後一時でお約束いただいていた牧野様です、よろしくお願いいたします」

牧野夫妻に続いて中に入ってきた冬馬さんが、すれ違いざまに私の背中を押して一緒に来させようとした。けれど私は彼に背中を向けて腕から逃れ、外からドアを閉める。

――どうですか、冬馬さん。私はちゃんと秘書の務めができてたでしょ？

最後までちゃんとした奥さんになることはできなかったけれど……

ドア一枚で隔たれたその瞬間に、冬馬さんと私の短かかった結婚ごっこがあっけなく終了した。

エレベーターに乗り込みドアが閉まった途端、身体が震え視界が滲む。

――駄目だ、こんなところで泣いちゃ……

だけど、あの場ですぐに泣き出さなかっただけでも自分を褒めてあげたい。

うん、私は頑張った。あの二人の会話を聞き、一緒に出てきたところを目の当たりにし、婚姻届が提出されていなかったことを知って……それでもあの場では耐え抜いたんだから。

何が『賭けに勝った』だ。

愛されていただなんて、私の願望が見せた、ただの錯覚だ。

最初から同情でお付き合いいただいていただけなのに、身体が結ばれただけで、彼と心まで繋がった気になっていた。

――ただ仮初めの関係だったのに……

さすが情に厚い冬馬さん。親友の今際の言葉を断りきれなかったんですね。

好きな人が……水口さんがいたというのに、友情のために私を好きな振りをしてくれたんですね。

水口さんの子供は……もしかしたら、冬馬さんの子なのかもしれない。

だとしたら、私は一時とはいえ、水口さんから恋人だけでなく子供の父親も奪っていたんだ……

水口さん、ごめんなさい。私のせいであなたにも辛い思いをさせました。冬馬さんはあなたにお返しします。

「……って、最初から彼は私のものじゃなかったわけだけど……」

エレベーターの壁にもたれて両手で顔を覆うと、肩の震えを止められなくなる。

一階に到着して扉が開いた。スーツを着たビジネスマン風の男性二人組が、私を見て一瞬ギョッとする。そして気まずそうな顔をしながら私に道を譲ってくれた。

きっと化粧が崩れて酷い顔になっているんだろう。

――だけどもう、そんなのどうでもいい。

自分が信じていたものが一瞬にして覆されたショックと絶望。

自分の言動を振り返っては湧き上がる悔しさと恥ずかしさ。

本当の夫婦になりたいと、何も知らずに自分から迫った。

あの時冬馬さんはきっと困り果てていたのだろう。

それでも受け入れてくれたのは、同情からか、『据え膳食わぬは……』の心境だったのか……

いずれにせよ、冬馬さんは婚姻届を提出せずに、いつか水口さんのもとに戻るつもりだったんだ。

それが多分、四十九日法要の後で伝えたかったこと。私の兄への彼なりのケジメなんだろう。

その時、バッグの中でメールの受信音がした。

冬馬さんかもと思って見たが、差出人は水口さん。そうか、冬馬さんはまだ来客中だ。

『桜子さん、私のせいでショックを与えることになってごめんなさい。婚姻届の件は、日野先生なりの考えがあってのことなの。彼からちゃんと話を聞いてあげて』

改めて聞くまでもない。話なら、給湯室の外で聞いたことが全てだろう。

それをさらに詳しく聞こうが聞くまいが、偽りの結婚生活が終わるというのに変わりはない。

自分がどうすればいいのか考えがまとまらないまま、取り敢えず私はマンションに戻って荷物の整理をすることにした。

ひとまずスーツケースに入るだけの荷物を詰め込んでから部屋を見渡すと、思った以上に私物が少なかったことに気づいて苦笑する。

――そうか、たった一ヶ月くらいじゃ、そんなに荷物も増えてないか。

思えば、兄の遺言でいきなり始まった、不自然な結婚だった。

葬儀後のバタバタや事務所のこともあって、結婚式どころかデートらしいデートもしたことのない、本当におままごとのような新婚生活。

そう言えば、気にもしていなかったとはいえ、結婚指輪さえないんだ。

――申し訳ないけど、残りの荷物は冬馬さんに頼んで始末してもらおう。

「鍵は……どうしよう」

暫く考えて、下のフロアーにある宅配ボックスに入れていこうと決める。『うん』と頷いてエレベーターに向かって歩き出した途端、スマホの着信音が鳴った。

画面を見ると、今度こそ本当に冬馬さんからだ。

暫く黙って画面を見つめているうちに呼び出し音が途切れる。

間髪容れず、今度はショートメールが届いた。

『桜子、話をしたい。マンションで待っていてほしい』

——今さら何を話すと言うの？

私がここを出ていけば、それで終わることだ。

わざわざ顔を突き合わせて気まずい思いをする必要はない。

返事もせずにスマホをバッグにしまい、グイッと涙を拭ってエレベーターホールに向かって歩き出す。

チンと音がしてエレベーターの扉が開いて……

——えっ⁉

「桜子っ！」

そこには、事務所にいるはずの冬馬さんが立っていた。

「冬馬さん、どうして……」

彼はそれには返事をせず、私の横に鎮座している大きなスーツケースに目をやり、顔を険しくする。

「どこに……」

「えっ？」

「どこに行くつもりだ！」

いきなり私の手首を掴み、もう片方の手でスーツケースを引っ張ってマンションの部屋へ歩き出す。

「えっ……嫌だ！　冬馬さん！」

「こんなことだろうと思って来てみて良かったよ。危うく逃げられるところだった」

「待って、冬馬さん！」

ツカツカと早足で部屋の前まで行くと、「俺は両手が塞がってる。鍵を開けて」と言ってドアのほうへ顎をしゃくる。

その剣幕に気圧されて、私は片手でバッグを漁り、鍵を取り出す。「開けて、早く」と低い声で言われ、黙って従った。

ドアが開いた途端、後ろから背中を押され、スーツケースそっちのけで私だけリビングに引っ張られる。

ハイヒールを脱ぐ暇さえ与えられず、廊下の途中で片方ずつ脱ぎ捨てる羽目になった。

冬馬さんは土足のままだ。

身体をドサッとソファーに投げ出され、上からジッと見下ろされる。

予想外の展開に私は呆然となり、ただ身を固くして視線を逸らせた。

「ギリギリセーフだったな……もう少しで逃げられるところだった」

怒りの滲んだ視線でそう言われてカッとなる。

——逃げるも何も……

「何を言ってるんですか!?　私達の関係はもう終わりなのに、これ以上何を話そうというんですか！」

「終わり？」

「ああ……終わりじゃないですよね、始まってもいなかったんですから」

「桜子、それについて話があるんだ」

「私は話すことなんて、ありません！」

「桜子っ！」

「来ないでっ！」

大声で名前を呼ばれて首をすくめながらも、肩に伸びてきた手を勢い良く振り払った。

冬馬さんは払われた手をギュッと握り拳に変えて、項垂れる。

「どうして……こんな時間にこんな所に来てるんですか。次のアポが入ってますよね？」

「どうしてって……桜子に会いに来たに決まってるだろ！」

「事務所の信用に関わります。早く戻ってください！」

「分かってる！　三十分しかないんだ！　だから……どうか約束してくれ、ここで待ってるって」

冬馬さんはソファーの前で跪き、私の顔を覗き込む。

その瞳は切なげに揺れていて、まるで私のほうが悪者になったような気がした。

「桜子……頼むから、俺の話を聞いて」

「聞いてどうするんですか？」

「俺の気持ちを分かってもらう。ちゃんと話すから……お願いだから、俺が帰るまでここで待っていてほしい。約束してくれるまで、俺は事務所には戻らない」

「そんな、子供みたいなことを……」

この人は、別れ話を聞くために私にここで待っていろと言うのか。

わざわざ仕事の合間に引き止めにきて……それほどまでに、水口さんのことを……

「……残酷ですね」

「えっ？」

「分かりました、ここで待っています。だから仕事に……水口さんのもとに帰ってください」

私の言葉を聞いて漸く安心したのか、冬馬さんは「ありがとう」と言ってゆっくり立ち上がった。

「それじゃあ、行ってくる」

「行ってらっしゃい」

いつもの癖で自然にそう言葉が出て、私は思わず片手で口元を押さえた。

冬馬さんの目が優しく細められて、私の髪をサラリと撫でる。彼は「桜子、愛してる……」、そう言い残して出ていった。

「えっ……嘘……」

『愛してる』

今、彼は確かにそう言った。

『桜子……愛してるんだ。大好きで大切で……やっと手に入れたんだ……絶対に離したくない』

『俺は君を心から愛している。それだけは分かってほしい』

あの夜も、昨日の朝だって、彼はそう言ってくれたんじゃなかった？

そして私はどう答えた？

『覚えていてください。私は冬馬さんから何を聞かされようとも、冬馬さんがそう望まない限り、自分から離れていくことはありませんから』

――ああ、なのに私は……

離れないと、自分から冬馬さんのもとを去ることはないと言っておきながら……自分の言葉も、冬馬さんも裏切って……逃げ出したんだ。

『この先どんなことがあったって……たとえ裏切られたり傷つけられたりしたとしても……悲しみこそすれ、嫌ったりなんてしません。こんなに好きになってしまっているのに……私が冬馬さんを嫌いになれるはずがないじゃないですか』

私は彼にそう言った。

その通りだ。こんなに打ちのめされ傷ついているというのに、それでも彼が好きで好きで、大好きで……

『愛してる』のたった一言で胸を震わせてしまう。

そう、彼は『愛している』と言ってくれた。

だったらその言葉に縋（すが）って、もう一度賭けてみてもいいだろうか……

私はゆらりと立ち上がるとキッチンに向かい、冷蔵庫の中身を確認する。

エプロンの紐をキュッと結んで、冷たい水で手を洗う。心が徐々に凪（な）いできて、どんな結果も冷静に受け入れる覚悟が定まった。

料理を作ろう。心からの愛と感謝の気持ちを込めて、とびきりの手料理を振る舞おう。

たとえそれが、最後の晩餐になったとしても……


午後六時四十八分になって、冬馬さんからショートメールが届いた。

『今、電車に乗りました。マンションにいる？』

緊張しているはずなのに、そのメールを読んだ途端、思わず笑みが零れる。

事務所から一緒に帰ることが多いため、『帰るメール』は基本的に冬馬さんが出先から直帰する時くらい。

それが、『電車に乗った』って……『マンションにいる？』って……

これじゃまるで、愛妻に会いたくて仕方がない夫のよう。

帰宅時間が六時台というのもかなりレアだし、仕事を急いで終わらせたに違いない。

これが昨日までだったら、きっと夫からの愛情表現として素直に喜んでいた。

今は……『最後の審判』を待つ死者の気分だ。

私がこの後、イエス・キリストならぬ冬馬さんに振り分けられるのは、天国なのか、地獄なのか……

だけど、もう大丈夫。

どんな結果になろうとも、彼に言う言葉は決めてある。

『冬馬さん、ありがとうございました。愛しています』

「――冬馬さん、お帰りなさい」

いつものように玄関で出迎えた私を、冬馬さんは幽霊でも見るみたいな顔つきでぼけっと見つめた。それでも私が両手を差し出すと、「ただいま」と強張った笑顔で黒革のブリーフケースを手渡す。

靴を脱ぎ、私から再びブリーフケースを受け取ると、彼は書斎に荷物を置いて浴室に向かった。いつもはその一連の動作の間に何度か挟み込まれるキスが、今日は一度もない。当然か。

暫くしてVネックシャツにベージュのチノパン姿という、お風呂上がりにしては小綺麗な格好をした冬馬さんが、首にタオルを掛けてＬＤＫの部屋に入ってきた。

ダイニングテーブルを見て、「凄いな……」と感嘆の声を上げる。

幽庵焼きのローストビーフにいなり寿司、キノコのマリネにイチジクの生ハム巻き。ゆで卵やツナを載せたニース風サラダには、アンチョビとワインビネガーのドレッシングを添えてある。

何だか和洋折衷でまとまりのないメニュー。だけど共通しているのは、全部が冬馬さんお気に入りということだ。

そして今日は特別に、透明なロックグラスに茎を短くしたピンクと白のガーベラを二輪挿して食卓に飾った。

ガーベラの花言葉は『希望』、『前進』。これにピンクだと『感謝』、白では『律儀』という意味が加わる。

律儀で優しい冬馬さんへ、私から感謝と希望を込めて贈る、密かなプレゼント。

『前進』……私達二人の未来は、何処へ向かっているのだろう……

「――それじゃあ、牧野ご夫妻の協議書を四通用意すればいいんですね？」

「うん、そう。前に渡しておいた遺産分割の案で妹さん達もOKしたそうだから、正式に書類を作成して、サインしてもらう。内訳は現物分割と預貯金がメインだな」

向かい合っての食卓では、いつも通りの会話が交わされていた。

いや、いつも通りではないか。お互い不自然に目線を逸らしている。

「美味しかったよ、ご馳走さま」

「どういたしまして」

食器をシンクに運んでいくと、冬馬さんが残りの大皿を持ってきてカウンターの上にカタリと置いた。

「それは後で俺が食洗機に放り込んでおくから……ソファーに座ってくれる？」

その瞬間、二人の間に緊張が走る。

――いよいよだ……

リビングのソファーに私が腰を沈め、冬馬さんはローテーブルを挟んだ反対側でクリーム色のラグの上に胡座をかいて対峙した。

「どこから話せばいいのか分からないんだけど……」

そう言いながら冬馬さんが自分のブリーフケースに手を伸ばし、中からクリアファイルを取り出す。今日、給湯室から出てきた時に水口さんが持っていた、例のアレだ。

　クリアファイルから二人の署名済みの婚姻届を取り出してガラステーブルの上に置く。そして彼は目を瞑って「ふ～っ」と息を整え、それから私に目線を移した。

　胡座を崩して正座をすると、開口一番、「本当に申し訳なかった！」とテーブルに手と額を擦り付けて、深々と謝罪する。

「私達は……夫婦じゃなかったんですね」

「……本当にすまないと思っている」

「四十九日法要の後で話すと言っていたのは、このことだったんですか？」

「そうだ……それと、そこに至るまでの俺の気持ちをちゃんと伝えて……改めてプロポーズするつもりだった」

　――えっ？

「冬馬さん、何言ってるんですか？」

「だから、婚姻届を出さなかった理由を桜子にちゃんと伝えて、その後で正式にプロポーズをしようと――」

「ちょっと待ってください！」

　想像の斜め上すぎて思考が追いつかない。けれど、つまりそれは……

「冬馬さんは水口さんではなくて、私を選んでくれたっていうことですか？」

「…………は？」

「だけど、水口さんは納得してないですよね？　冬馬さんだって、まだ彼女に気持ちが残ってるんじゃないですか？　お子さんのことだって……」

「えっ？　何言って……」

私はソファーから下りるとラグの上に正座し、ガラステーブルに向かって頭を下げる。

「ごめんなさい、給湯室での二人の会話を立ち聞きしてしまいました。二人の関係も知っています」

「おい、ちょっと待て！　一体何の話をしてるんだ⁉　どうしてそこで水口さんが出てくる？　俺と水口さんて……はぁ？」

冬馬さんは片手で髪の毛をグシャグシャッと掻き乱して、再び胡座に組み換えた。

「ちょっと待てよ……水口さん？」

胸の前で腕を組んでうんうん考え込んだ後、ハッと顔を上げてテーブルにバンと両手をつく。

「桜子、ひょっとして……俺と水口さんの関係を疑ってるのか？」

「いえ、疑ってるっていうか……お二人は付き合ってましたよね？」

「ええっ？　いやいやいや！　俺には桜子がいるのに浮気とかあり得ないだろ！　第一、水口さんにはこの前まで彼氏がいたのに」

「えっ⁉」

「桜子……今日の俺達の話をどのあたりから聞いてたんだ？」

「あの……『そんなのあんまりじゃないですか！　いつまで内緒にしておくつもりなんです

か！』って怒鳴り声から……」

　それを聞いて冬馬さんは、「は～っ」と深い溜息をつく。

「これは……アレだな」

　冬馬さんはおもむろにガラステーブルをグイッと横に押しのけ、私のほうに詰め寄ってきた。正座の膝を突き合わせて、真っ正面から私を見据える。

「俺達はどこか根本的なところからすれ違ってるらしい。その捻れを正さないことには、話し合いにもならないと思う」

「捻れ……ですか？」

「ああ、まず君は、俺の気持ちを全然分かっていない。……そうだな、俺達はそこからちゃんと始めるべきだったんだ」

　そう言って、彼は話し始めた。

10　遺言の真相　ｓｉｄｅ冬馬

『桜子の相手は俺が認めた男じゃなきゃ駄目だ』

それが大志の口癖だった。

俺が大学で大志と知り合って間もない頃、それこそまだ親友というほど親しくない時から、耳にタコができるほど聞かされてきたセリフ。

大志は皆の人気者で、アイツを狙ってる女子も多く、玉砕覚悟でストレートに告白する子が後を絶たなかった。でも、アイツはそれを全て断ってしまう。

『ねえ大志、今度映画を観に行かない？』

『週末は時間がないから無理だな。妹のテスト勉強を手伝う約束してるし』

『平日でもいいよ』

『平日だって妹の学校の宿題があるんだよ』

『ねえ、駅前に新しくできたカフェに行かない？』

『今日は妹が母さんと一緒に俺の好物の豚の角煮を作って待ってるんだ』

『豚の角煮なら得意料理だよ！　今度作ってあげようか？』

『ありがたいけど遠慮しとく。妹が作るのは特別なんだ』

そして焦れた女子達が口を尖らせて、『シスコンもいい加減にしなさいよ。どんなに可愛がったって、どうせそのうち他の男に取られちゃうんだからね！』と言うまでがお約束。

それに対して大志は、『有り得ないな。桜子の相手は俺が認めた男じゃなきゃ駄目なんだ。そんな簡単には現れないよ』——そう笑顔で言ってのける。

あまりにも堂々と言いきるから周囲の皆は突っ込む気にもならなくて、『大志の一番は桜子という名の妹』と、当たり前の共通認識として受け入れられていったのだ。

俺は最初、それはモテすぎる大志が考えた、女除けの口実なんだと思っていた。というのも彼は、男同士の付き合いやグループでの勉強会なんかには積極的に顔を出していた。

だけど後に分かってくる。それは意識して女子を避けているんじゃなくて、ただ大志の中で他の女子よりも桜子の優先順位が上なんだってことに。

その証拠に、大志は勉強会や飲み会の会場に自分の家を好み、それに女子が同席することを拒んだりはしなかった。

そして家では、大志を俺達に取られて退屈そうにしている桜子を自分の横に呼び寄せて、何かと気を遣っていた。誰かが大声を出すたびに彼女の背中を摩り、女子の嫌味は自分が盾になって対応する。

まるでお姫様を守る騎士のように、そして恋人のように……

俺はそんな姿を見るたびに大志が羨ましくて、いつしか自分も桜子にそうしてあげたいと思うようになっていた。

『なあ大志、お前はどんな男だったら桜子ちゃんの相手として認めるんだよ』

一度大志にそう聞いてみたことがある。

するとアイツは口角をクイッと上げて言い放った。

『桜子みたいな極上の女には、極上の男じゃなきゃ釣り合わない。外見の良さや学歴は勿論、桜子に好きなだけ贅沢をさせられるだけの経済力も必要だ。そして何より、アイツを心から愛し、アイツのために人生の全てを懸けて、アイツのためなら命も投げ出せるような男……』

『おいおい、随分ハードルが高いんだな』

『そうだよ。そして俺が知る限り、今のところその条件をクリアしてるのは俺だけだ。俺を超えられる男じゃなけりゃ、桜子は渡さない』

『そんなことを言ってたら、桜子ちゃんは一生結婚できないぞ』

『いいよ、その時は俺が一生面倒を見るから』

その時に大志の桜子への愛情の深さを思い知った。

――俺が桜子と付き合いたければ、この男を……大志を超えなくてはいけないんだ……

その後、俺は桜子への気持ちを頭の片隅に置きながらも、大学院、そして司法修習の勉強が忙しくて、それどころではない日が続く。

そして弁護士事務所に勤務するようになって気持ちに余裕が生まれ、改めて桜子への気持ちを考えるようになる。

これは親友の妹への親愛の情なのか？　妹みたいな感覚なのか？

いや違う。今すぐ会いたいし話したい。

二人きりでデートしたいし、俺を見てほしい。できることなら好きになってほしい。

――うん、俺はやっぱりあの子が好きだ。

俺は自分で言うのは何だがそれなりにモテていたし、学歴だって大志と同じ。大手弁護士事務所に所属して、収入だってそこそこある。そしてこの気持ちが本気だって言い切れた。

――だったら大志、お前が認める『唯一の男』に、俺はなれるんじゃないか？

そう思っていた時に、八神夫妻の不慮の死、そして大志の病気という不幸が重なって、俺は桜子に気持ちを伝えるタイミングを失っていったんだ……


「――なあ冬馬、俺が死んだら、桜子は泣くだろうな」

あの日、俺と二人きりの病室で、大志がポツリと呟いた。

それは大志が亡くなる十日ほど前で、確か桜子が洗濯をしに病室を出ていた時だったと思う。

「そうだな……桜子ちゃんは号泣するだろうな」

「……だよな」

「ああ、だから大志、桜子ちゃんのために一日でも長く生きてくれよ……頼む」

「そうしたいんだけどな……もうそろそろヤバい気がするんだよな……時々さ、魂がス～ッと身体から離れてくような感覚があるんだ。これが完全に抜けさったらあの世行きなんだろうな……」

「大志……」

苦しんでいる親友のために掛ける言葉を見つけられない自分が情けなくて。

こんな時に何もしてやれない自分が歯痒くて悔しくて。

俺は歯を食いしばって黙り込むしかなかった。

「冬馬、前にも言ったけどさ……俺が死んだ後のこと、よろしく頼むよ」

「……ああ」

「特に、桜子の後見人と財産管理。俺がいなくなった後で桜子が何一つ困ることのないよう、くれぐれもよろしく頼む」

「ああ、大丈夫だ」

「アイツは苦しい時や悲しい時に一人で我慢してしまうから……素直に泣けるよう胸を貸してやってほしい。桜子が幸せになれるよう、そばで見守り支えてやってくれ」

「ああ。桜子ちゃんを全力で支えるよ。俺が彼女の幸せを見届ける」

「うん……それを聞いて安心した……眠いな……寝てもいいかな？」

「ああ……安心して寝るがいい。そして起きたら桜子ちゃんに笑顔を見せてやれ」

「うん、そうだな……桜子には俺の笑顔を覚えていてほしい……な……」

そんな大志の葬儀では、親戚から浴びせられた汚い言葉の数々に反吐が出そうになったのを覚えている。

その中で黙って耐えている桜子を見て、胸が締め付けられた。どうにかしてやりたいと思った。

——彼女は絶対に俺が守る！　彼女の涙を受け止めるのは……俺だ！

俺でありたい。そう思った。

そして、葬儀後に話し合いと称してアパートまで押し掛けてきた親戚を前に、俺の怒りはピークに達する。

――財産目当てのハイエナ共に、大志を侮辱(ぶじょく)されてたまるか！

桜子を……俺の大切な人を、これ以上傷付けさせはしない！

『私は……大志くんの親友であり、事務所の共同経営者であり……そして、桜子さんの婚約者でもあります。桜子さんのことは、私が彼女の夫として一生大切にし支えていく所存です。あなた達こそ、私達家族の問題に口を挟まないでいただきたい！』

それが俺の嘘の……親友への裏切りの始まりだった。


桜子と一緒に住むことになって、まず最初に俺を襲ったのが、激しい後悔だった。

親友を裏切り、親友の妹を騙(だま)し、偽(いつわ)りの結婚生活を送ろうだなんて、とんでもないことだ。

自分がしたことの卑劣さは自覚している。

桜子は両親に続いて最愛の兄を亡くし、生きる目標を見失い、抜け殻のようになった。

そんな彼女に『大志の遺言』などとでたらめを言って結婚を迫るのは、卑怯(ひきょう)以外の何物でもない。

だけど桜子に真実を伝えて撤回する気にはなれなかった。

どんな形であれ、彼女を手に入れることができた……このチャンスを失いたくない。

分かっている。彼女が結婚を承諾したのは、生まれたばかりの雛鳥(ひなどり)が目の前の親を必死で追い掛けるようなもの。天涯孤独な彼女は、唯一頼れる俺に縋るしかなかったんだ。

彼女は俺を愛しているわけじゃない。

今は寂しさや不安から俺のそばにいてくれるけれど、兄の死の悲しみが癒え前を向いて進めるようになった時……ふと気づくだろう。

『私はこの人を愛してはいなかった』、『この結婚は間違いだった』……と。

そのうちに、八つも歳上の兄みたいな存在の男よりも、もっと年齢が近くて気の合うヤツが現れるかもしれない。

大志の望む条件を全て満たした、そしてこんな嘘なんてつかない、彼女に相応しい相手との出会いが待っている可能性は高いのだ。

その時に、『大丈夫、君はまだ独身だよ』と、笑顔で送り出せるように……これ以上深入りして手放せなくならないように……

絶対に手は出さない。入籍もしない。

そう決めていたのに。

自責の念に苦しむ一方で、桜子と結婚生活を送れることに浮ついている自分がいた。

例えばマンション。

大志の死後は近くで桜子を見守るつもりで、何かあった時にすぐ駆け付けられるようにと、以前から彼女のアパートの近くの住居を物色していた。

今住んでいるマンションも当時から候補の一つだったものの、それはあくまでも一人で住むための住居。最初に見学に行ったのは独身用の1LDKの部屋だ。

それが桜子と住むことになったものだから、急遽、二人用の住居を探すことになる。桜子が大志と住んでいたアパートに俺が引っ越すという手もあるけれど、それは大志を侮辱するように思えたし、俺自身も後ろめたくて無理だった。

担当していた不動産業者に、『新婚用の部屋探しに変更したい』と伝えると、ちょうど前に見学に行った新築マンションに空きがあると言う。

3LDKの角部屋に広いバルコニー。十二階建ての十階で見晴らしは最高。管理人が常駐の上、入り口は暗証番号とカードのダブルロックで安全。桜子の住んでいたアパートからも事務所からも遠くない、優良物件だ。

ただ将来的に桜子が俺を嫌って家を出る可能性を考えると、賃貸じゃなく購入というのは危険……

『主寝室にはシューズラック付きのウォークインクローゼットがありますから、奥様の衣装がたっぷり収納できますよ。キッチンは最新式のドイツ製で、アイランドカウンターは人気の大理石。奥様もきっと喜ばれます』

『……契約します』

速攻で決めた。

その上、絶対に手は出さないと決めたものの、実際に桜子との同居が始まるとそれが非常に難しいことだと気づく。

何年も好きだった女性が同じ家に、手の届くところにいる。俺のために料理を作り、一緒に食べ、微笑みかけてくれる。

『おはよう』の挨拶も『行ってらっしゃい』の声かけも、全部俺に向けられたものだ。

ヤバい……これはマズい。想像以上に幸せすぎる。

既に引越し前にいきなりキスをしてしまっていた。これ以上はレッドカードだ。

近付かないように意識すればするほど、素っ気ない態度になった。日に日に彼女の表情が沈む。

そんなつもりじゃなかったのに、幸せにしたいのに……

愚かな俺に、桜子は健気にも距離を縮めようとしてくれた。

『今日はやっぱり、このお部屋で過ごしませんか？　冬馬さんに無理をさせたくありません』

上品なワンピースで俺のためにお洒落して、ＤＶＤのパッケージを見せながらいたずらっ子みたいに笑ってみせた君。

そんなの……抱き締めたくなるに決まってる。

理性と欲望の間で葛藤を続けた結果、自分の行動が桜子を困惑させているのは分かっていた。

結婚したというのに寝室を別にし、手を出してこない夫。

彼女は悩み傷つき、涙している。

――すまない。だけどいつか、これが正しかったと気づく日が来るだろうから……

そう言ってやりたい、だけど言葉にできないジレンマを抱え、俺自身も苦しんでいた。

それに、真実を伝えて桜子と一緒にいられる暮らしを失うのが怖い。

——俺は最低だ。彼女を悩ませてでも、そばに置くことを望んでいるのだから……

そんな日々が突如として、しかも予期せぬ形で終わりを迎えることになった。

気まずい夕食を終えた夜、書斎から寝室に戻った俺を待ち構えていたのは、バスローブ姿の君。

ベッドの上で正座したまま三つ指をついて、湯上りの上気した肌で、石鹸の香りと色気を振りまいて……

『冬馬さん……どうか私を、本当のあなたの妻にしてください』

もうそんなの、抗えるはずがないだろう？

「——そこから先は、桜子も知っての通りだ。一度抱いたら歯止めが利かなくなって……ますます手放せなくなった」

俺はそう言うと、膝の上でギュッと拳を握る。

「それじゃあ、兄の遺言というのは……」

「ああ、君を手に入れるために俺がついた嘘だ。大志には後見人になることと財産管理しか頼まれていない」

「そうだったんですね……」

俺は本当に卑怯者だ。真実を告げるべきだと分かっていながら、嫌われることを恐れて桜子を欺き続けた。

ギュッと目を瞑り、彼女の判決を待つ。

「そうですか……良かったです」

――えっ？

顔をバッと上げて目を見開くと、こちらに向けられているのは予想に反して優しい微笑み。

「それじゃあ、私の片想いじゃなかったんですね」

「えっ、桜子、君は……」

「冬馬さん、嬉しいです。私の片想いが、漸く実りました」

固く握り締めていた拳をそっと両手で包み込まれる。その熱と共に温かい気持ちが流れ込んできた。

「片想い歴は私のほうがずっと長いんですよ。だって、初めて会った小五の時に、私は冬馬さんに恋をしたんですから」

「えっ、嘘だろ……」

「嘘だなんて言わないでください。十年以上を経て、漸く想いが伝わったんですから」

夢じゃないだろうか。予期せぬ告白に胸が詰まる。みっともなく泣き出しそうだ。

言葉も出せずに茫然としていると、頬にそっと唇が押し当てられる。

「マジか……ヤバい」

まだ信じられなくて自分で頬をつねった。桜子は拗ねたように唇を尖らせる。

「冬馬さん、酷いです。いくら兄の死でショックを受けていたからって、私は好きでもない人と結婚しようだなんて思いませんよ！　ましてやベッドで待ち伏せして自分から迫るなんて、どれだけ恥ずかしかったか……キャッ！」

それ以上は我慢できず、最後まで聞く前にガバッと抱き寄せた。

「桜子、ごめん。君にそこまでさせておきながら、まだ自信が持てなかったなんて……」

「本当です……本当に……私は同情で結婚してもらったんだ、愛されてないんだって、ずっと辛(つら)くて……」

そこまで言うと、桜子は俺の胸にしがみつき声を上げて泣き出す。

——ああ、俺は大馬鹿ものだ……

この一ヶ月で己(おのれ)がしでかしたことを振り返ると、情けなくて自分を殴りたい。

嘘の遺言に仮初(かりそ)めの夫婦生活。

自分への誓いを破って桜子を抱き、浮気を疑われているとも知らずに水口さんと旅行。

おまけに自分の口から告げる前に入籍していないことがバレて……

ジェットコースターのような日々の中、たった一人で悩みを抱えて、桜子はどれだけ傷ついていたことか。

——んっ？　確かまだ大きな問題があったような……

「そうだ、水口さん！」

「そうですよ、水口さん！」

俺の声に、桜子がガバッと顔を上げた。ヤバい、いつもの菩薩(ぼさつ)の微笑(ほほえ)みがすっかり鳴りを潜(ひそ)めて、険のある厳しい表情(かお)になっている。

「彼女との関係はどうなったんですか？　お付き合いされてましたよね？」

ここ最近は熱烈な愛情表現をしていたつもりなのに。意味が分からない。

「いや、君こそどうしてそう思ったんだ？」

「だって、お兄ちゃんが……」

――大志⁉

桜子から話を聞いて、俺は愕然とした。

事務所でアイコンタクト？　給湯室でイチャイチャ？　俺の好みが大人っぽい年上の女性で、元カノも法学部の先輩だって⁉

「だから私は、冬馬さんが兄の遺言のために水口さんと別れて、同情で私と一緒になってくれたものだと思ってたんです」

桜子自身も話しているうちに思い出して腹が立ってきたのか、分かりやすく刺々しい口調になっている。

「ちょっと待て！　それじゃあ桜子は、俺が大志の遺言を優先させて水口さんを捨てたと？」

「ずっとそう思っていました。だけど今日、給湯室での会話を聞いて、まだお二人は別れていなかったんだって知って……」

「それだっ！」

思わず大声を出すと、桜子がビクッと肩を竦める。

「ごめん、ビックリさせた」

不用意な自分を反省しつつ、彼女の背中を抱き寄せた。今度は声のトーンを落としてゆっくりと、だけどハッキリと告げる。

「桜子、誓って言う。俺は水口さんとは付き合ってないし、君との結婚は俺が望んだことだ。……情けないな。俺達は毎日一緒に生活していながら、こんなにもすれ違っていたなんて……」

どう話そうかと思いを巡らせたのは一瞬。この期に及んで今さら隠し事もクソもないだろう。

桜子の背中をそっと撫でながら、記憶を学生時代まで遡らせた。

＊＊＊

「――なあ冬馬、山崎さんと付き合わないの？」

大学三年の終わり頃、キャンパス内のカフェテリアでランチを食べていると、カレーライスが載ったトレイを持った大志がやってきた。

「なんのことを言ってるんだよ」

大志が話しているのが、四月から一足先に法科大学院に進む先輩から告白されたことだというのは分かっていた。言いふらすような内容でもないのでコイツには話していなかったはずだ。

「またまた、とぼけちゃって～。山崎さんがお前のことを諦め切れないって泣いてたって、彼女の親友から聞いたぞ」

「その親友、最低だな」

「いや、違うんだって！　その子は山崎さんのためを思って、どうにかならないかって俺に泣きついてきたの！」

全く、大志の交友関係の広さには頭が下がる。

元はといえば、コイツが食事中に山崎さんとその親友を呼んで、一緒にランチを食べたことでこうなったんじゃないか。

「なあ、山崎さんのどこが駄目なわけ？　美人だしミス法学部だし、仕事の悩みも共有できるし文句なしじゃん」

「今は勉強に集中したいし、それどころじゃないんだよ」

「山崎さんは来年お前が院に来るまで待っても構わないってよ」

「来年だって再来年だって忙しいし無理だよ」

俺がムッとしたのに気づいたんだろう。大志は山崎さんの名前を出すのをやめて、今度は別の方向から攻めてきた。

「それじゃあさ、お前はどんな子だったらいいわけ？　高校の時に付き合ってたようなスーツが似合うインテリ系？」

クソッ、こいつに聞かれて昔の彼女の話をしたのが間違いだった。

大志が言っているのは、俺が高二の時に少しだけ付き合っていた塾講師のことだ。俺が通っていた塾にバイトで来ていた女子大生で、向こうから告白されて付き合った。けれど、俺が弁護士志望だという部分に異様に食い付いてくるし、こっちが勉強に集中したいのに何かと呼びつけられるしで、半年も保たずに俺から別れを切り出したのだ。

俺が付き合ったのは彼女が最後で、それ以来、勉強とバイトの日々を過ごしている。

「それじゃあ聞き方を変えるよ。お前が付き合うとしたら、可愛い妹系か、大人っぽいお姉さん系、どっちなの？」

大志はスプーンを持ったままカレーに口もつけず、聞いてくる。

「やけにしつこいな。それって答えなきゃ駄目なのかよ」

「ああ、答えろよ。お前を好きな女子は多いんだぜ。山崎さんにしたって、どうして自分じゃ駄目なのかを知っときたいだろ？」

いつになく真剣な表情で言われて、大志が引く気がないのが分かった。

俺は一つ溜息をつくと、観念して質問に答える。

「そうだな……年上とか年下とかは関係なく……大人っぽくて雰囲気のある子。キャピキャピしてなくて、落ち着いてる子がいい」

その時、不意に俺の頭には桜子の顔が浮かんだ。けれど、まだ中学生の少女を自分が恋愛対象として見るはずがないと思っていたし、まさか大志に『お前の妹みたいな子がいい』とも言えず、すぐにその考えを打ち消す。

「ふ～ん……大人っぽい子ね。分かったよ」

「そうだよ。これで納得したか？　とにかく俺は今は恋愛する気はないからな！」

「『恋愛する気はない』んだな、分かった」

＊＊＊

「――それで、兄の脳内では『冬馬さんが大人っぽい年上の女性が好き』ってことになってたんですね？」

どこまで納得してくれたのかは分からないが、桜子がふむふむと頷いている。

「そうなんだろうな。俺の前の彼女のイメージが強かったんだと思う。スーツに眼鏡でキリッとしてたって教えちゃったし」

「キリッとした美女……だったんですね？」

「ああ。…………って、違う！」

――うわっ、マズい！

スッと桜子の表情に翳ができたのを見て、俺は慌てて訂正した。

「ちょっと待って！　そんなの高二の短い期間だけだからな！」

――せっかく誤解が解けそうなのに、ここでまた変な空気になってたまるか！

「……そうなんですか」

「塾にいた時はしっかりして落ち着いた女性に見えたんだよ！　だけどプライベートで会ったら俺に絶対に弁護士になれってプレッシャー掛けてくるし、何かと友達に紹介したがるし、塾でも他の女子にあからさまにマウント取るしで、半年……いや、五ヶ月も経たずに俺が『ごめんなさい』したんだ」

本当だから！　と必死で弁明すると、桜子がプッと噴き出す。

「冬馬さん、大丈夫ですよ。冬馬さんがモテるのは、ずっと見てきたから知っています。ただ、私ばかりが焼きもちを妬いてるのが悔しくて、ちょっと拗ねてみただけです」

首を傾げて顔を覗き込んできた彼女の笑顔にホッとして、そんな自分に苦笑して……

——ああ、俺は心底この子に惚れ込んでしまっているんだな……

そう実感した。

「だけど桜子、君だって随分モテてたんだぜ」

「えっ？　いえいえ、私は全然！　暗いし身なりも構わない地味子だったので、恋愛ごとには無縁で……」

——ああ、この子は本当に自分の魅力を分かっていない。

「桜子、八神家に集まってたメンバーの何人かは君狙いだった」

「えっ、あり得ませんって！」

「大志がさ、『俺の桜子に手を出したら家に出入り禁止だ！』とか、『俺に勝てる自信がある奴じゃなきゃ桜子に告白はさせん！』って宣言してたせいで、誰も近付けなかっただけ」

「嘘っ！」

「家にかかって来た電話も、相手が男の場合は大志が恫喝するかガチャ切りしてたってさ」

「ええっ⁉」

「大志は本当に……本当に君を大切に……愛しく思っていたんだ。誰よりも深く愛していた」

「そうなんですか……私はずっと兄に守られていたんですね」

「ああ、アイツが全方位に威嚇してたお陰で、俺もずっと気持ちを伝えられなかったわけだけどな」

「それじゃあ、私は勇気を出して良かったんですね」

「そうだな……桜子のお陰だ」

いい雰囲気になったところでキスをしようと顔に角度をつけて近付いたら、目の前で「あっ！」と叫ばれる。俺は思わず身を引いた。

「冬馬さん、質問はまだありますよ！　給湯室での水口さんとのやり取りです。あの、いかにも『痴情のもつれ』風の……ですよ」

ああ、そうか。疑惑の払拭にはもうひと山あるんだな。


今日は離婚調停の手続きで、朝から家庭裁判所に行っていた。水口さんから電話が入ったのは、その帰り道のことだ。

『日野先生、先生に郵送を頼まれていた「内容証明」の書類ってどこでしょうか？　他の郵便物と一緒に郵便局に持っていきたいんですけど、見当たらないんです』

「ああ、悪かった。俺の机の引き出しに入ってるはずだから、見てみてください。よろしくお願いします」

『分かりました』

そして事務所に戻ると、水口さんがツカツカと給湯室に入ってくる。

彼女は何故か険しい表情をしていた。

「先生、郵便物を出してきました」

「ああ、ありがとう」

「それで……これはどういうことなんですか？」

「えっ、何が……」

目の前に掲げられたのは、クリアファイルに挟まれた婚姻届……俺と桜子の署名入りだ。

――くそっ、失敗した！

いつもは引き出しの底に隠してあったのに、桜子と言い合いになった翌日、見直した後、引き出しの上のほうに入れていた。

どうせ近々四十九日法要の場に持っていくからと、油断していたんだ。

「すいません、内容証明を探していた時に見つけてしまいました。どういうことなんですか？　このことを桜子さんは知ってるんですか？」

水口さんの顔が強張っている。

当然だ。夫婦だと思っていた二人が結婚していなかったんだ。

騙されていた、裏切られたと思うだろう。

「彼女には……近いうちに話すつもりだ」

「近いうちって……桜子さん、絶対にショックを受けますよ！　ホント、何やってるんですか！　まさか愛のない契約結婚だとか、先生に愛人がいて揉めてるとかじゃないでしょうね？」

「それは……どうなんだろうな」

愛は勿論ある。俺のほうは……だ。

だけど、桜子はどうなんだ？　本当のことを知ったら去っていくんじゃないのか？

「水口さん、事務所にも関わることだから言っておくよ。このことを桜子に話したら、彼女は家を出ていくかもしれないし、事務所を辞めると言うかもしれない」

「えっ、どういうことですか？」

「俺達の結婚は……大志が認めたわけでも、桜子が望んでいたものでもないんだ」

「えっ？」

「俺が大志の遺志だと言って桜子を騙して結婚してもらった。兄の死で弱っていた彼女は、深く考えもせずにそれを受け入れたんだ」

「そんな……」

水口さんの顔が青ざめている。

それはそうだろう。俺がやったのは詐欺みたいなものだ。女性側から見たら絶対に許せないことだろう。

「そんなことないです、桜子さんは先生のことを愛していますよ！　見ていれば分かります。今すぐ先生の気持ちを伝えてあげてください！」

「いや、今はまだ……」

「そんなの……そんなのあんまりじゃないですか！　いつまで内緒にしておくつもりなんですか！　こんなの最低ですよ！」

「――桜子、後は君が給湯室の外で聞いた通りだ。怒った水口さんが出ていって、それを追い掛けたところで君と出くわした」

「ちょっと待ってください！　肝心なところが抜けています」

――えっ？

「肝心なところ……と言うと？」

「冬馬さん、水口さんにはお子さんがいらっしゃいますよね。その子は……冬馬さんの子じゃないんですか？」

「……は？」

何がどうなっているのか見当がつかないけれど、とりあえず彼女がとんでもない勘違いをしているのは確かだ。

「それに水口さんは兄についても怒っていました。兄の遺志がそこまで優先されるのか？　って」

――ああ、そこか……

これを言えば、大志の気持ちに背くことになる。

だが、言わなければ桜子の疑惑が晴れることはないだろう。

水口さんにぶつけられた言葉が蘇る。

『大志、大志……って、生きてる私達の気持ちよりも、そこまで八神先生の遺志が優先されなきゃいけないんですか？』

『当事者の桜子さんだけ蚊帳の外だなんておかしいですよ！　彼女は小さな女の子じゃない、立派な大人の女性です。きっともう何を聞いたって大丈夫です。ちゃんと話しましょうよ』

彼女の言う通りだ。

桜子はもう成人した大人の女性で、そして彼女には……俺がついている。

いずれにせよ、ここまで来たら避けて通ることはできないんだ。

そばで支えると決めた俺がビビッっててどうする。

「桜子……これは大志の希望でもあり、水口さんのプライバシーにも関することだから、俺が簡単に口にしていいことではないんだ。だけど、水口さん本人が俺から桜子に話すことを望んだ。だから、言わせてもらうよ」

俺の言葉に、内容の深刻さを読み取ったんだろう。

桜子は真剣な表情で頷いた。

水口麻耶さんの離婚裁判を担当したのは大志で、彼女を事務所で採用しようと決めたのも彼だった。

「おい大志、本当に彼女を雇うのか？　もっと年配の人がいいって言ってただろ？」

事務所のデスクでパソコンに向かっている大志にそう訴えると、アイツは画面に文字を打ち込みながら「悪いな、もう決めたんだ」と短く答えた。

自分で言うのもなんだけど、大志も俺も若い頃から女性が寄ってきて騒がしくされるのに嫌気がさしていて、今度雇う事務員は年配で既婚の女性にしようと決めていたのに。

大志が選んだのがついこの間までクライアントだった、しかも俺達とたいして年齢が離れていない女性だったことで、正直アイツの考えが分からなくて、俺は戸惑っていた。

大志はパソコン画面から顔を上げ、椅子ごと俺のほうをクルリと向く。その瞳には真剣な光が宿っていて、これから大事な話をするんだというのがすぐに分かった。

「水口さん、DV野郎と離婚したはいいけれど、次の仕事をどうしようか悩んでるって言うんだ」

水口さんは中小企業の社長秘書をしていた時に、副社長をしていた社長の息子に見初められて結婚し、男児を儲けている。

しかしソイツが実は非常に嫉妬深く、幼稚で短気なヤツだった。

生まれてきた男児のせいで自分が構われなくなったと嫌悪感を剥き出しにし、子供を可愛がらないばかりか、彼女の目の届かないところで手や足をつねったり、時には顔に毛布を掛けたりするようになったのだ。

危機感を持った彼女は、子供を連れて母親のいる実家に逃げ帰った。しかし、二度としないと泣いて謝る男に絆されて戻り、さらに暴力が酷くなってそれが彼女自身にも及ぶようになる。

跡継ぎとなる孫を手放したくない社長の提案で、水口さんと夫は別居という名の冷却期間を設け、彼女はいずれ離婚しようと考えて派遣で事務の仕事を始めた。

そしてその派遣先で、営業の男性との新しい出会いがあったのだ。

水口さんはその男性と付き合うために離婚を決意し、その裁判を担当したのが大志だったというわけだ。

「だから彼女にこの事務所に来てもらうのか？」

「ああ、だけど同情だけじゃないよ。彼女は社長秘書をしてたから、データのファイリングやスケジュール管理は勿論、接客のスキルも高い。即戦力になる」

「桜子ちゃんはどうなるんだ？　彼女はここでお前の秘書として働くつもりなんだろ？」

すると大志は、『我が意を得たり』という顔で「それなんだよ」と、手に持っていたペンの先を俺に向けた。

「そこが決め手になったんだ。水口さんは、桜子が正式にここで働くようになるまでの臨時でいいと言ってくれている」

「本当なのか？　だとすると、あと二年か三年……凄く中途半端だぞ」

「彼女は今付き合っている彼氏といずれ再婚するつもりだけれど、子供のことを優先させたいから、暫くは現状維持なんだそうだ。桜子がこの事務所に入って引き継ぎを終えてから退職すると、再婚のタイミング的にはちょうどいいらしい」

「なるほどな」

接客してもらうなら若くて綺麗なほうがイメージが良いし、彼氏や子供がいるなら俺達に惚れる心配もない。その上、秘書のスキルがあるので桜子の教育係としても持ってこいだ。

大志の慧眼には、ただただ感服するしかない。

そんな風に彼女を雇うにあたって、大志が取り付けた約束があった。

それが、桜子には水口さんの事情を絶対に言わないということだ。

「桜子は実の父親にＤＶを受けていた過去がある。幸い今はほとんど覚えてないのに、水口さんの話を聞いて記憶の蓋が開いたら、どんな症状が出るか分からない。最初の頃のような怯えた目は二度とさせたくないんだ」

それが大志の言い分だった。

加えて大志が後で俺だけにコッソリ教えてくれたのは、いくら別居中だったとはいえ、水口さんが離婚前に彼氏を作っていたというのは不倫にあたる。潔癖で真面目な桜子には受け入れがたいだろう。一緒に働くのに余計な先入観は持たせないほうがいい……ということだ。

中途半端にバツイチであることや子供のことだけをバラすと、嘘が重なってどこかで綻びが出る。だから最初から桜子には何も情報を与えない。そう決まった。


「……どう？　桜子はこの話を聞いて、ショックだった？」

それが、大志が一番心配し心を砕いていた部分だった。トラウマが再発するようなら、全て俺の責任だ。

目の前の桜子は俯いたまま、両手で胸元を押さえて深呼吸している。やはり……

そっと背中に手を回してゆっくりと撫でると、彼女が俺の胸にポスッと身体を預けてきた。

「冬馬さん……私、大丈夫ですよ。確かにショックだったし、聞いていて辛い話ではあったけれど……水口さんが、今はああして生き生きと働いている姿を見ているから……ああ、幸せそうで良かったな……って」

「うん、そうか……」

彼女の背中が微かに震えている。本当は平気なわけではないのだろう。だけど彼女は過去の恐怖や悲しみに打ち勝ち、強くなろうとしているんだ。

「知らなかった……私はずっと皆に守られていたんですね」

「大志は常に桜子のことを一番に考えていた。世の中から君を苦しめる全てのものを排除し、守ろうとしていたんだ」

「……はい」

――そして一方の水口さんも……だ。

「水口さんは逆に、自分のことを桜子に話したがっていた。自分が経験した痛みや苦しみを桜子と共有し、自分達はそれを乗り越えて今は幸せなんだと、そんな話をしたいんだと言って。女二人でもっと深い話もしたいだろうし、君に嘘をついているのも辛かっただろう」

二人の考え方は違ったけれど、『桜子のために』という根っこの部分は一緒だった。

「冬馬さん……話してくれて、ありがとうございました。私が今こうして冷静でいられるのは、冬馬さんのお陰です。私を抱き締めてくれているこの腕は、決して殴ったり叩いたりなんてしない。

私をすっぽり包んで守ってくれる優しい腕なんだって心から安心できるから……もう怖くないんです」

腕の中で消えそうなほど小さい声でそう言う君が、ただただ愛しくて……。俺は背中に回した腕に力を込めた。

「でも……だったらこの前の出張は何だったんですか？　私は凄く悲しかったんですよ」

桜子が少し唇を尖らせて、責めるように見上げてくる。

「ああ、それは……ストーカーだ」

「えっ？」

「水口さんの元夫が復縁を迫って彼女の実家に押し掛けたんだ」

『私の実家に今日ＤＶ野郎が押し掛けたらしいんです』

水口さんからそう聞かされたのは土曜日の仕事の後。ＤＶ野郎というのが離婚した元夫だというのはすぐに分かった。

『私は接近禁止命令の延長をしてるじゃないですか。だから私の母親のところに復縁の橋渡しをしてくれないかって言ってきたみたいで。ちょうど仕事の関係で福岡に来てるとかで、また明日も来るって言ってたらしいんですよ』

そう水口さんは怒る。

『ほんっとアイツ、クソですよ！　クソ野郎ですよ！　それで……母が心配なので、明日から福岡に行ってきたいと思うんですが、月曜日から二日間ほどお休みをいただけませんか？』

そこで俺は考えた。

「福岡には俺の同期の弁護士がいる。俺が彼女の実家で元夫を追い払うついでにお母さんから話を聞いて必要書類を揃え、その同期に引き継ぐことにしたんだ」

「そんな大変なことがあったんですね。だったらあの日帰ってきちゃいけなかったんじゃ……」

「いや！　あんなの帰るに決まってるだろう！」

ただでさえ電話の向こうで桜子が涙声になっていた上に、水口さんの実家に上がり込んでいたことまでバレた。事情を説明できない以上、行動で誠意を示すしかないじゃないか。

……というか、桜子の声を聞いたら俺が会いたくて堪らなかったんだ。

「水口さんのお母さんは膝が悪くて遠出ができないとかで、大志の葬儀に参列できなかったことを悔やんでらしてね。俺が福岡に行くと言ったら、是非挨拶をしたいと仰ってくださって……それが桜子を悲しませることになってしまったんだけど」

「ごめんなさい」

「いや、あんなの誤解するに決まってるよな。自分でも怪しすぎだろって思ってたよ。だけど、大志との約束があったから……用意してあった食事だけ急いで食べさせてもらって、出されたビールにも手をつけずに失礼してきた。同期に電話して家まで押し掛けて、書類を渡したその足で帰ってきたんだ」

「それは……お疲れ様でした」

「こちらこそ……不安にさせて申し訳なかった」

お互いに正座したままペコリと頭を下げて、クスッと笑い合う。

「私は兄の言葉を真に受けて、水口さんが冬馬さんの恋人だってずっと思い込んでいたんです。引っ越しが立ち消えになったのも、やはり冬馬さんと離れたくないんだな……って」

「ああ、それは……相手に逃げられたんだ」

「相手？」

「ああ。さっき話した、離婚のきっかけになった恋人。桜子が事務所に来てそろそろ結婚しても大丈夫って段になったところで、やっぱり子供の父親にはなれないって言われたそうだ」

「そんな……酷い」

「彼女——水口さんって昔から男運がないらしくて、駄目な男ばかりに惚れちゃうんだってさ。ダメンズ好きだから、俺や大志みたいな自立してる男は対象外なんだ。これで安心した？」

「はい……疑ってごめんなさい」

「うん、今も昔も、俺には桜子だけだから。流石にもう信じてくれる？」

「はい」

「それじゃ……来て」

俺が腕を広げて微笑み掛けると、桜子は迷うことなく飛び込んできた。

勢い余ってそのまま後ろに倒れ込む。彼女は上からチュッとキスをして、潤んだ瞳で見つめてくる。

「冬馬さん……愛しています。どうか私を、本当のあなたの妻にしてください」

――ああ、本当にこの子は……全く……

「そんなの……俺のほうがもっと、愛してる……」

兄の遺言だなんて嘘をついてでも、結婚したかったくらいに……

11　兄からの手紙

六月中旬の土曜日は、梅雨明け前にも拘わらず澄み切った青空で、飛行機雲の白い線が遠くまで真っ直ぐに伸びていた。

乾ききっていない石段や境内の隅に咲いた青や紫の紫陽花が、水の粒をキラキラ光らせ午前中にやんだ雨の名残りをとどめている。

寺の住職との挨拶を済ませて改めてお墓に向かうと、私達はもう一度ゆっくり八神家の墓石に向かって手を合わせた。

「お兄ちゃん、お父さんとお母さんには会えましたか？」

「今頃笑顔で挨拶してるんじゃないか？」

「『やっぱり俺は晴れ男だったよ』って？」

「そうだな、自分の法要の日にまでジンクスを発揮するなんて、『太陽』の大志らしいよ」

——太陽……仲間からそう呼ばれていた兄は、天に昇ってお日様になったんだ。これからは空から私達を見守ってくれるのだろう。

冬馬さんと目を合わせ、微笑み合った。

午後から始まった四十九日の法要は、参列者が二人だけだったこともあって、読経や法話を含めても一時間ほどで終わった。

その後外に出て兄の納骨を済ませ住職との立ち話を経て、今に至っている。

兄の立つ鳥跡を濁さずぶりは徹底していて、生前に自ら菩提寺に足を運び、『生前戒名』を授かっていた。

『両親の時に分かったんですが、身内が亡くなった後にやらなくてはいけないことは、想像以上に雑多です。全部やったと思っていても必ず抜けは出てくるだろうから、今気づいているだけでも完璧に済ませておきたいんです』

兄は住職にそう語ったそうだ。

「残された妹さんに負担をかけまいと、身辺整理と仏事の手配を生前に済まされたんでしょうね。まさしく不惜身命の働きをして、本当にお見事です。法要も妹さんと日野様の二人だけでと伺っていました。こちらにいらした時は、ご両親のお墓に花を手向けた後、長い間手を合わせていらっしゃいましたよ』

そう聞かされて、改めて兄の覚悟と愛情を感じ、涙が溢れた。

兄のお墓の前で祈っていた私がゆっくり立ち上がると、続いて冬馬さんが墓前で手を合わせる。

「それでは……行きますか？」

「いや、ちょっと待ってくれ」

「えっ？」

呼び止められて、歩道へ向けた足を冬馬さんのほうへ戻す。彼は手にしていたブリーフケースを開けて厚みのある白い封筒を取り出した。

「それは？」

「大志からの手紙だ」

「えっ……」

——お兄ちゃんからの手紙？

「そんなものがあったなんて……知りませんでした」

「ああ、大志が亡くなる十日ほど前に預かっていたんだ」

「そんな前から？　どうして今まで……」

「『桜子に心から愛する男ができたら、その時に渡してくれ』、大志にそう言われていた」

「えっ、心から愛する人が？」

「ああ、そうだ。これを……桜子、今渡してもいいんだよな？」

「……はい。私は今、本当に愛する人と一緒にいます……」

冬馬さんは私の前まで歩いてくると、その封筒を私に差し出した。

『桜子へ』という宛名は、兄の癖である右上がりの細い文字で書かれている。懐かしくて、一瞬視界が滲んだ。

「そこに何が書かれているかは知らない。四十九日の法要を目処に後見人を解任なのかもしれないし、桜子の将来に関することかもしれない。どんな内容であろうとも、俺は君の意志を尊重するよ」

冬馬さんにそう言われて、胸が痛くなった。

「そんなことを言わないでください！　私はこんなにも冬馬さんのことが好きなのに……。私が何と言おうとも、力尽くでそばに置いておくって、離さないって言ってください！」

「桜子……」

冬馬さんは首の後ろを触りながら苦笑する。

「そうだな、桜子の言う通りだ。そんなの最初から無理だったんだよな。何年も思い続けていた女性を手元に置いた時点で……抱こうが抱くまいが、もう手放せるはずがなかったんだ」

「そうですよ。覚悟してくださいね」

「ああ、大志に文句を言われる覚悟でいるよ」

「それじゃあ……読みますね」

私は封筒の中から手紙を取り出し、黙って目を通した。

『桜子、そして冬馬へ』

――えっ、私宛てじゃなく、私と冬馬さん!?

桜子、そして冬馬へ

まずは、桜子。

桜子、俺はこの手紙を書きながら、お前が初めて八神家に来た日のことを思い出している。

あれはクリスマスで、まだ六歳だったお前は、知らない顔に怯えていて、母さんの後ろに隠れてモジモジしていた。

だけど俺が「クリスマスツリーがあるよ。プレゼントもあるよ、見る？」って声を掛けると、パアッと顔を輝かせて、俺が差し出した手の人差し指だけをちょこんと握ってついてきた。

その手の小ささと柔らかさは、今でもハッキリと覚えているよ。

その瞬間に、俺はお前の兄貴になって、お前は俺の妹になったんだ。

俺は八つも年の離れた妹が可愛くて仕方なくて、周りが呆れるくらい溺愛した。

それは桜子も知っての通りだ。

父さんと母さんが死んで事務所を継ぎ大変なことも沢山あったけど、俺は桜子がいたから頑張れたんだ。コイツと一緒に生きていこう、コイツを幸せにしてやろう……そう思うだけで、どんな苦労にも耐えられた。お前が俺の生きる目的だったんだ。

あ〜あ、もっと桜子と一緒にいたかったな。

もっと二人で出掛けたかったし、あちこち旅行にも行きたかったよ。

父さん達が死んでからは事務所のことに必死で、お前とゆっくり過ごす時間が殆どなかったもんな。

ボストンでの一週間は夢のようだった。楽しかったな。

悔しいな……もっと生きたかったな……なんで俺なんだろうな。神様は意地悪だ。

まあ、仕方ないさ。

俺がお前にしてやれなかったこと全部、これからは冬馬にやってもらえ。

後のことは全部、親友の冬馬に託(たく)す。

家のことも事務所のことも、桜子、お前のこともだ。

冬馬はずっと前からお前のことが好きだった。

アイツは俺に気を遣ってずっと気持ちを隠してたけど、俺にはお見通しだ。いつもお前のことを目で追ってたからな。

なのに俺は、それに気づかないフリをしていた。

お前達二人共大事で大好きなのに、自分の気持ちを優先させたんだ。

『俺はもうすぐ病気で死んでいくんだ。せめて残り僅(わず)かな時間だけは、桜子を独占させてもらってもいいだろう』

そんな自分勝手な理由で。

桜子、俺は最後まで我儘(わがまま)だったけど、流石(さすが)に死んでまでお前を縛り付けておくほど悪人じゃないよ。

桜子、お前はこの手紙を、冬馬と一緒に読んでるんだよな？

だったら今は幸せなんだよな？

それでいい。

冬馬と二人で幸せになれ。

結婚して自分の家庭を持ち子供を産んで育てて、家族の楽しい思い出を沢山作るんだ。

天国から見守っててやるから、恐れずに前に進め。

最後に。俺はお前と家族でいられて幸せだった。お前の兄でいられて良かったって、心から思う。

俺の妹になってくれてありがとう。

愛してるよ、心から。

さあ、次は冬馬、お前だ。

冬馬はさ、優しすぎるんだよ。桜子を好きなことなんて丸分かりだったよ。好意ダダ漏れの目で俺の妹を見やがって。

もっと早くに橋渡ししてやっても良かったんだけどさ、そこはまあ、最期の我が儘だということで勘弁してくれ。

大学時代からお前とは親友でライバルで、良き相棒だったよな。

俺が事務所を立ち上げた時も迷うことなく一緒にやるって即決してくれて、本当に嬉しかったよ。

俺が苦手な根回しとか裏方仕事を積極的に引き受けてくれて、何よりも心強かった。

パートナーとしてお前と二人三脚で仕事ができて楽しかった。

本当はもっと事務所が大きくなるまで見届けたかったけど……お前のことだ、俺がいなくてもやり遂げてくれると確信している。

事務所をよろしく頼む。

そして桜子を、一生大事にしてやってくれ。

もしも泣かせたりしたら、悪霊になって呪いに行くからな、覚悟しとけよ。

じゃあな。
P．S．一緒に入ってる封筒は冬馬宛ての重要な引き継ぎ事項だ。一人で読んでくれ。
八神大志

「お兄ちゃん……」

手紙にポツリと涙の粒が落ち、次から次へとポツポツ続く。

——駄目だ、大切な手紙が……

慌てて畳んで封筒に戻そうとしたけれど、指先が震えてできなかった。結局、手紙のほうだけ大切に胸に抱き締めて、封筒を冬馬さんに手渡す。

そっちには冬馬さん宛ての手紙が残っている。

「冬馬さん……はい、これ。……仕事の引き継ぎ？」

「ああ……多分そうだろうな」

「今、読みますか？」

「いい？」

「はい。それじゃ私はもう一度向こうで両親と兄とお話ししてきますね」

「ありがとう」

私は冬馬さんに微笑(ほほえ)んでから背中を向け、墓石の前にゆっくりとしゃがみ込んだ。

＊　＊　＊

桜子が墓石の前でしゃがみ込むのを見届けた後、俺はゆっくりと手紙を開いた。

これはきっと、仕事の引き継ぎ事項なんかじゃないだろう。

アイツは早い段階から自分の死後の整理を始めてたんだ。

用意周到にコトを進めてきた大志が、重要事項を今頃、しかもこんな形で俺に伝えるはずがない。

——これはきっと……

俺は覚悟を決めて、手紙に視線を落とす。

冬馬へ

お前がこれを読んでるということは、桜子と上手くいったってことだよな。

なんてったって、お前達はずっと惹かれ合ってたんだから。

そうか……とうとうくっついちまったのか……

ホッとしてるけど、悔しくもあるよ。

桜子宛ての手紙でも書いたけどさ、俺はずっと前から、冬馬が桜子を好きだってことに気づいてたんだ。

だってお前は俺と同じ目で桜子を見ていたから。

俺は、お前が桜子を好きなことも、俺に気を遣ってそれを言い出せずにいることも知っていながら、わざと気づかないフリをしていた。

そして敢（あ）えてお前に俺の気持ちを語り続けた。

そうすることで必死に牽制（けんせい）してたんだ。

だってお前が告白なんてしたら、桜子をあっという間に奪われてしまうのは確実だったからな。

お前はカッコ良くて仕事ができて優秀で、なんてったって、桜子の初恋の相手だから。

そうなんだよな。お前達は両想いで、とっくにくっ付いてても良かったのに、その間に俺が割り込んで邪魔をしていただけだ。

だから、邪魔者の俺がいなくなればお前達が心を通わせ合うのは時間の問題だった。

冬馬、待たせて悪かったな。

お陰様で俺は、最期（さいご）に桜子と幸せな時間を過ごすことができたよ。

痛くて辛（つら）くて苦しかったけれど、仕事も何もかも忘れて桜子だけと向き合えた時間は、その何倍もの幸福感で満たされていた。

俺は本当に幸せだった。

今だから言うけどな、桜子のファーストキスの相手は俺だ。もっと言うならセカンドキスも。

ボストンに行った時、アイツが寝てる間にそっと唇を奪ってやった。

あと、この前病室の椅子でうたた寝してた時にもう一度。

どうだ、悔しいだろう！　ザマアミロ！

若くして無念のまま旅立つんだ、これくらいは許されるだろう？

お前は何度も想像して思い出して、悔しがれ！

あ～あ、これからお前は、その何倍も、何十回も何百回も桜子とキスをして、その身体を抱き締めるんだな。

もうくたばりかけのこんな弱った身体でも、それを想像すると熱く滾って嫉妬ではらわたが煮え繰り返るんだ。

悔しいな……

桜子を抱きたかったな……

愛してるって……女として求めてるって伝えたかったな……

だけど俺は、この気持ちを胸に秘めたまま逝くよ。

俺の気持ちを知っているのは、世界中でたった一人、同志であるお前だけでいい。

冬馬、桜子のことを頼む。

アイツを世界一幸せな花嫁にしてやってくれ。世界一幸せな女にしてやってくれ。

そして、桜子が二度と一人だけ残されて泣くことのないように……

どうかお願いだから、たった一日でも一分一秒でもいいから、アイツより長生きしてやってくれ。

くれぐれも頼んだぞ。

それじゃ、末長くお幸せに。

P．S．陰で色々と妨害工作をさせてもらった。悪かったな。まあ、これで駄目になるようなら、お前がそれまでの男だったってことだ。諦めろ。

八神大志

――――――――


――くっそ……やられた！

もしかしたらとは思っていたが、これで確定した。

水口さんの件や俺の元カノの話は、全部わざとだったんだ。

「大志……お前は気づいてたんだな」

俺の桜子への気持ちを知りながら自分の気持ちを隠して逝くのは心残りだっただろう。

桜子に一番相応しいのは自分だって豪語していたもんな。さぞかし無念だったろう。

「どうして手紙を直接桜子に渡さず俺なんだ……って思っていたんだが……」

たぶんこれが俺への最後のハードル。桜子を自力で振り向かせて俺のものにしない限り、俺はアイツからのお墨付きがもらえないままだったってわけだ。

「なあ大志、これでちょっとは認めてもらえたのか？」

俺はブリーフケースから婚姻届の入ったクリアファイルを取り出して小脇に挟むと、今度は鞄の底から小さな小箱を取り出した。

光沢のあるリボンのかかった水色のそれは、薬指に愛を誓うプレゼントだ。

大志……俺は『お前の代わりに』だとか『お前を超える』だなんておこがましいことは言わないよ。

兄としての愛、一人の男としての愛。

二倍の愛情で桜子を愛し抜いたお前には、俺なんて絶対に敵いっこないんだ。

お前が桜子と築いてきた年月も、家族として深く刻み付けた思い出も、俺が決して超えることも塗り替えることもできず、桜子の中で美しいまま……

いや、月日を重ねるごとに、お前の存在は尚一層美しく、輝きを増して、桜子の中に残り続けるんだろう。

だけど、俺はそれを受け止めて、お前が伝えられなかった気持ちを全部丸ごと抱きかかえて桜子を愛していくよ。

俺の命を懸けて、俺の人生の全てを注ぎ込んで彼女を愛し、守り抜く。

だから、これから先の桜子の未来を俺がもらうことを許してくれ。

なあ大志、そうさせてもらってもいいだろう？

「冬馬さん……泣いてるの？」

桜子の声にハッと我にかえると、いつの間にか涙が頬を濡らしていた。

「あっ、いや……アイツと仕事のやり取りをするなんて久し振りだったから……ちょっと感傷的になったかな」

「そう……お兄ちゃんと冬馬さんには、私が入り込むことのできない深い絆があるんですもんね」

「えっ？」

「私、二人を見ていていつも羨ましかった。認め合って、競い合って、高め合って……男の友情って素敵だな……って、ずっと思ってた。まさしく二人で一対の、月と太陽みたいだって」

「月と太陽……か」

大志が暖かい日差しで桜子をポカポカと包み込んでいたように、今度は俺が、桜子の進む道を明るく照らしていこう。

彼女が迷うことのないように、一人で寂しくないように……夜空を見上げると、そこにぽっかり浮かんでいる月のように、いつも寄り添い共に歩いていこう。俺が彼女の道標になろう。

そして、願わくは、命の尽きるその最期も、二人一緒でありますように……

エピローグ

ふと顔を上げると、少し離れたところで冬馬さんが手紙を読んでいるのが見えた。

──あれはきっと、仕事の手紙なんかじゃない。

自分の生前戒名(かいみょう)まで準備していた兄が、仕事の重要書類を私宛ての手紙に同封するなんてあり得ない。

たぶんもっと、プライベートな内容。

そう、例えば彼の今後のこと……

だけど私はその手紙を読もうとは思わないし、自分から内容を聞く気もない。

それはきっと、兄が『冬馬さんだけ』にどうしても伝えたかったことだから……

「お兄ちゃん、ありがとう」

墓石に向かって手を合わせながら、私は兄にもう一度話し掛ける。

たくさん悩んだし苦しんだ。

誤解やすれ違いもあった。

──だけど、私は漸(ようや)く冬馬さんと心を通わせることができました。

これも全部、お兄ちゃんのお陰……

「背中を押してくれて、ありがとうございました」

空に向かって真っ直ぐに薫(くゆ)る線香の煙を見つめ、私はあの日の兄との会話を思い出していた。

それは兄が亡くなる十日ほど前のこと。

「桜子……お前……冬馬のことが好きなのか？」

蒸しタオルで兄の腕を拭いていると、突然そんなふうに聞かれたのだ。

「な……何？　急に！」

その頃の兄はもう骨と皮ばかりになっていて呼吸もかなり浅くなっていた。鼻からカテーテルで酸素吸入をしていても苦しそうに胸を上下させている。

痰(たん)絡みの掠(かす)れた声。私は一言も聞き漏らすまいと兄に顔を寄せて耳をすませた。

「桜子……兄ちゃんな、お前に幸せになってほしいんだよ」

「……私は幸せだよ。父さんと再婚して、こんなに優しいお兄ちゃんができて……本当に幸せ……」

これ以上話したらまた泣いてしまう。私はグッと唇を噛んで黙り込んだ。

タオルを横にどけ両手で兄の右手をそっと握る。その上から兄の左手が包み込んできて私の手の甲を優しく撫(な)でた。

「桜子……俺はさ……お前が付き合う相手は、世界一の男じゃなきゃ駄目だと思ってるんだ」

「ふふっ、世界一だなんて、私には贅沢(ぜいたく)だよ。私は普通でいい」

「駄目だ。何もアラブの石油王だとかハリウッドのセレブとかじゃなくていいんだ。世界一お前を大事にしてくれて、世界一お前を愛してくれれば、それでいい」

「……うん」

兄はそこで呼吸が苦しくなったのか、二度ほど大きく深呼吸をしてから言葉を続ける。

「桜子……俺っていい男だと思わないか？」

「ふふっ、自分で言ってる。……でも、そうだね……お兄ちゃんはカッコいいし、勉強もできるし行動力もあるし……モテるのも当然だと思うよ」

「お前は……俺が彼氏なら嬉しいか？　俺と付き合いたいと思うか？」

「当然！　思うに決まってるよ！　私、お兄ちゃんが完璧すぎてハードルが上がってるから、この歳まで彼氏ができなかったんだと思う」

「……そうか」

「そうだよ！」

「お前、俺のことが大好きだもんな」

「うん、大好き！　ずっと一緒にいたい……いようよ……」

「……そうか……うん、そうか……」

兄は一人で満足げに目を細め、「うんうん」と頷いてから、握る手に力を込めた。

「桜子……兄ちゃんな、お前の付き合う男は、俺が認めた優秀なヤツじゃなきゃ駄目だって思ってるんだ」

「うん」

「俺はそこらの男よりも出来がいいから、かなりハードルは高い」

「うん、そう思う」

「その俺が唯一認めた男が……冬馬だ」

「……冬馬さん？」

「ああ、冬馬だ」

兄は「うん」と頷いて、私の手をポン、ポン、と優しく叩く。

「アイツは入学生総代で、教授からも仲間からも信頼が厚くて……。知ってるか？　俺は友達が多かったけどさ……アイツら、本当に深刻な悩みがある時は絶対に冬馬に相談しに行くんだ」

「そうなんだ……」

「何か分かるだろ？　アイツは話をとことん聞いてくれるし口は固いし、本当に親身になって嘘のないアドバイスをくれるから……自然に人が寄ってくるんだよ」

兄の言っていることがよく分かる気がした。

冬馬さんは決して口数が多くはないけれど、相手のことを考えて本当に良かれと思った言葉をくれる。そういう人だ。

「俺が唯一負けたと思った相手……それが冬馬なんだ……」

「お兄ちゃんが負けるなんて……」

「負けたんだよ……俺は。完敗だ。でも……それでいいんだ……」

兄は「桜子……」と名前を呼んで、私の手を握り締める。

「お前のそばには俺がいてやりたかったけど……俺がいなくなった後で他にお前を守れる奴って

考えたら、冬馬の顔しか浮かばなかったんだ。アイツになら安心してお前を任せられる……アイツと……幸せになれ」

「お兄ちゃん、駄目だよ。あんなに素敵な人が私を好きになるはずない。それに冬馬さんには……水口さんがいるし」

「ああ、そうか……そうだったな……」

「うん、そうだよ」

兄はそのまま暫く遠くを見つめてジッと考え込んだ後、「大丈夫だ……」そう言った。

「大丈夫だよ……勇気を出してぶつかってごらん」

「お兄ちゃん、無理だよ！　私は今のままでいいんだってば」

「桜子は謙虚なところがいいんだけど……でも、本当に欲しいもののために全力でぶつかることも時には必要なんだ」

兄は少し黙り込み、ゆっくりとだがハッキリと、これが最後だと言うかのように緊張感のある口調で聞いた。

「桜子は……冬馬のことが好きなんだろ？」

言われてコクンと頷く。兄はクシャッと泣き笑いみたいな顔をして、私の頭を優しく撫でた。

「桜子は、冬馬が人の気持ちを笑ったり馬鹿にしたりする奴だと思うか？」

黙って首を横に振る。

「大丈夫だ、アイツはお前の気持ちをちゃんと受け止めてくれる。ほんのちょっとでいいから勇気を出してぶつかってごらん」

　兄はそう言ってウインクしてみせた。

「あっ、そうそう。冬馬は石橋を叩いても渡らないタイプだからな。慎重すぎてなかなか自分から動かない。桜子からグイグイ行かなきゃ駄目だろうな。頑張れよ」

「頑張れ……って……」

「うん、頑張れ。ただし、今俺が話したことは、冬馬には絶対に内緒だぞ。俺がアイツに負けたと認めたなんて悔しいし、アイツを調子に乗らせたくない」

「ふふっ、分かった」

「桜子……指切りしようか」

「指切り？　いいよ」

　そっと小指を絡めると、兄が満足げに目を細める。

　なんだか幼いあの日に戻ったような気がした。

「桜子の指、綺麗だな……」

「そう？」

「うん、細くて白くて……とても綺麗だ……ずっとこうしてたい」

「いいよ……ずっとこうしてようか」

「うん……そうだな……」

　暫くそのまま、指を絡めて微笑み合ったのだ。

――あの会話があったから……冬馬さんから遺言の話をされた時、兄が頼み込んでいたのだと思い込んだ。友情と同情からの結婚だと。

実際は冬馬さんが自ら願ってくれたことだったけれど……あの時に兄が励ましてくれなければ、私達は今こうして一緒にいられなかったかもしれない。

私の頑張る方向が少しズレて、いきなり冬馬さんを困らせてしまったが、それでも兄が言っていた通り、彼はちゃんと想いを受け止めてくれたんだ。

『大丈夫だ、頑張れ』

その兄の言葉が私を後押ししてくれた。

――お兄ちゃん、本当にありがとう。

立ち上がって墓地の間の細道を振り返ると、その先には私の愛する人が立っている。

彼の手には、クリアファイルに挟まれた婚姻届と、水色の小さな箱。

あの箱の中に何が入っているのかは、なんとなく想像がついた。たぶん私の予想は外れていないだろう。

――お兄ちゃん、私は今日、お兄ちゃんが唯一認めた人の妻になります。

今これから……今度こそ仮初(かりそ)めではなく、正真正銘、あの人の妻になるんだ。

――お兄ちゃん、もういいよね？

冬馬さんに全部話してもいいよね？

冬馬さんはお兄ちゃんが唯一認めた男の人なんだよ……って。

お兄ちゃんのお陰で私は勇気を出せたんだって。

お兄ちゃんは内緒だって言ったけれど……愛するお兄ちゃんの遺言を、どうしてもあの人に伝えたい。

ねっ、いいでしょ？

私の進む先には、愛する人が目を潤ませて、月明かりのように穏やかな微笑みを浮かべて待っている。

私は降り注ぐ太陽の光に背中を押されながら、いつしか彼のもとへ駆け出していた。

番外編　バーガンディーカラーの思い出

「冬馬さん、素敵な夜をありがとう」

「こちらこそ。メリークリスマス」

「メリークリスマス！」

俺が顔の前で掲げたグラスには高級シャンパン。夜景の明かりを映してキラキラと輝いている。

結婚後初めてのクリスマスは、ホテルでゆっくり過ごそうと決めていた。

桜子に内緒で予約したのは新婚初夜に泊まった思い出の場所、四十四階のインペリアルスイート。

恋愛音痴の俺だって、クリスマスのホテルがすぐに満室になることくらいは知っている。

だから六月に入籍してこの部屋で熱い夜を過ごした後、翌朝チェックアウトする時に今夜のための部屋を押さえておいた。

愛しい妻のためであれば、たった一晩のために何十万円もかけることも、ベタな演出をすることもいとわない。

漸く手に入れた八歳も歳下の美人妻なんだ。彼女の心を繋ぎ止めておくためなら、いくらだって必死になるさ。

ホテルに頼んで部屋に用意してもらったのは、フルボトルのフランス製シャンパン。

入籍日に乾杯した思い出の一級品だ。

黄金に泡立つ液体を口に含むと、上品で甘い果実の香りがする。

先にシャワーを浴びて出ると、桜子は天井まであるガラス窓に手をついて夜景に見惚(みと)れていた。

「桜子、動かないで」

後ろからそっと近付き、用意していたネックレスを彼女の首に掛けて留め具をはめる。

「えっ、嘘っ！」

桜子は胸元を見て驚いた表情で振り返り、瞳を潤(うる)ませて抱きついてきた。

「冬馬さんの嘘つき。クリスマスは二人でゆっくり過ごせれば十分だから、お互いプレゼントはなしでって言ったくせに……」

胸に顔を埋(うず)めたままくぐもった声でそう言ったけど、最後には小さく「でも嬉しい……ありがとう」と呟(つぶや)く。

「嘘じゃないよ。これはクリスマスに関係なく、俺が奥さんにプレゼントしたかっただけ。桜子、顔を上げて、俺にちゃんと見せて」

桜子は恥じらいながらも一歩後ろに下がって真っ直ぐに立つ。肩部分が透けている黒いドレスの胸元に、深い緑の石が映えていた。

――うん、綺麗だ。

俺がこの日のために購入したのは、丸いエメラルドの周囲をブリリアントカットのダイヤが囲んでいるネックレス。彼女の誕生石を買おうと決めて訪れたジュエリーショップでガラスケースを覗いた途端、絶対にコレだと即買いした。

値段はそこそこしたものの、桜子の肌に直接触れるものなんだ。ちゃんとした品質の物を贈りたい。実際とても似合っているから大満足だ。

「うん、やはりこれにして良かった。似合ってるよ」

「本当？　嬉しい。今日はずっとこれをつけたままでいようかしら」

「それは駄目。首筋にキスする時に邪魔になる」

「も……もうっ！」

紅らむ頬に手を当て俯く姿が愛おしい。結婚してもう半年になるけれど、彼女は相変わらず清らかで純粋で、なのにとても色っぽい。まあ、つまり、最高っていうことだ。

「桜子、おいで。ネックレスを外してあげる」

ついでにドレスのファスナーも下ろしてしまおうと手招きすると、彼女は「ちょっと待って」と部屋の隅に行き、持ってきたボストンバッグを漁り始める。

どうせ一晩中裸で抱き合うんだ。着替えなんて朝になってシャワーを浴びるまで必要ないのに……そう思いながら見ていると、下着ではなく何か紙の包みをガサゴソと取り出してくる。

それを大事そうに胸に抱えてタタッと小走りで戻ってきて「はい、冬馬さん、メリークリスマス！」と笑顔で言い、俺に包みを差し出した。

――えっ⁉

マリンブルーの包装紙にシルバーのリボン。軽くて柔らかい何かが包まれている。

「これは……」

「えっと……これはクリスマスに関係なく、私が愛しの旦那様にプレゼントしたかっただけ……です。開けてみて」

ゆっくりとリボンを解いて包装紙を開く。出てきたのは、黒に近いような濃紺の毛糸のマフラー。

――これは……

「もしかして、手編み？」

「そう。この前、手作りの品が欲しいって言ってたでしょ？　サプライズのつもりだったのに、冬馬さんに先を越されちゃった」

そう言って拗ねたようにチロリと見上げてくる。

今月あたまの十二月一日は俺の誕生日だった。桜子からのプレゼントは、とびきりエロい下着を身につけてのスペシャルなご奉仕。勿論、俺のリクエストだ。

その時に俺の上に跨りながら、欲しい品物はないのかと聞かれたから、来年は何か桜子の手作りがいいとリクエストしておいたのだ。

それが来年どころかまさか今月中に願いが叶うとは……

「この色は、ミッドナイトブルーって言うの。濃紺よりも濃くて紫がかってて、本当に夜の色って感じでしょ？　月みたいに穏やかで落ち着いている冬馬さんにピッタリだと思って」

彼女は俺の手からマフラーを奪うと、背伸びして首にクルリと巻いてくれた。

「うん、やっぱりこの色で正解！　似合ってる。冬馬さんはカシミアのブランド物を持ってるから、どうしようかな……って思ったんだけど。こっちは良かったらカジュアルな装いの時に使って」

「いや、毎日使う。一年中使う。通勤にもデートにも使う」

「フフッ、冬馬さんったら」

「本当だよ。大事にする。ありがとう桜子、本当に……嬉しいよ……」

言っているうちに感情が昂って思わず頬が震える。

「冬馬さん？」

「ごめん、ちょっと……嬉しすぎて……」

――嬉しくて、胸が締め付けられて……

片手で口を覆って背中を向けた俺に、桜子が驚いている。

そうだよな、急に泣き出したりしたら、ビックリするよな。

だけどな、桜子。俺にとって、お前の手編みのマフラーは特別なんだよ。

あの日からずっと欲しくて欲しくて、大志が羨ましくて……

こういうのを、クリスマスの奇跡って言うのかもな。

――十年目にして、やっと願いが叶った。

＊　＊　＊

それは、桜子が中学一年生で俺と冬馬が大学三年生のクリスマス。

大志は身内を亡くして一人暮らしをしていた俺を何かと気にかけてくれて、大学一年の時から毎年、家族のクリスマスパーティーに招いてくれていた。

手ぶらでいいと言われながらも、子供へのプレゼントはあったほうがいいだろうと用意したのは赤い長靴に入ったお菓子。ベタだけど、桜子は毎年、喜んで受け取ってくれる。

だけど三年目のクリスマスは違った。

中学生になった女の子にいつまでもお菓子ではセンスがなさすぎる。考えに考え抜いて買ったのは白いミトン。モコモコしていて、手首のところに同じ素材のチェックのリボンがついている。

白くてフワフワしたそれが無垢な彼女に似合うと思った。

自分から希望してクリスマスケーキの準備を担当させてもらった俺は、ケーキの箱と桜子へのプレゼントの包みを抱えていそいそと八神家に向かうのだった。

ドアが開いて出迎えてくれたのは、赤いサンタの帽子を被った大志。

大志のサンタ帽は、桜子が八神家の一員になった年に彼女を喜ばせようと買った、七年ものの愛用品らしい。ちなみに桜子は、小五で友達に真実を教えられるまで、ずっとサンタさんを信じていたそうだ。何というピュアガール。

「おう、来たか」

「おう、今年も呼んでくれてありがとうな。ハハッ、今年も似合ってるぞ、大志サンタ。いっそのことコスチュームも着ちゃえばいいのに」

「友よ、そう言ってくれるのはお前だけだ。今年はとうとう桜子でさえ無反応だった。まあ、今では俺の自己満足だ」

苦笑するアイツについて中に入っていくと、キッチンから母親と桜子が揃って（そろ）ヒョコッと顔を出して、「いらっしゃい！」と歓迎してくれる。

八神家のクリスマスメニューは昔から決まっていて、鶏モモ肉のローストにほうれん草のキッシュ、コーンスープ、コールスローサラダにラタトゥイユ。そこに俺が買ってきたケーキも加わって、豪勢な食卓となった。

和気藹々（あいあい）と食事を済ませた後はプレゼント交換。

正直言うと、俺はかなり緊張していた。

女子へのプレゼントは初めてではない。高校時代には、付き合っていた彼女にスマホケースをプレゼントしたこともある。

だけどあの時は相手にせがまれて、彼女が欲しいと言った品をその場で買って渡しただけだ。

今回は生まれて初めて、正真正銘、自分で選んだプレゼント。

果たして気に入るだろうか、喜んでもらえるだろうか。

――ダサイと思われたらどうしよう……

桜子がどう思うかと考えると、ドキドキして。同時に、プレゼントを手にした時の笑顔を想像して浮かれてもいて。

大学三年にもなった成人男子が、女子中学生の反応を気にしまくって手にビッショリと汗をかいていた。

大志と桜子から御両親にペアのパジャマが贈られる。俺も一緒についていったショップで、大志と桜子が二人で選んで買ったものだ。二人で仲良く相談している姿を見て、羨ましいと思ったのを覚えている。

そして八神夫妻から桜子にはブランドもののショートブーツとグレーのコート、そして大志と俺には図書券がプレゼントされた。

八神夫妻は家族のいない俺を可愛がってくれて、『冬馬君も息子みたいなものだから』と、毎年俺にも図書券を贈ってくれていたのだ。

温かくて思いやりのあるご両親に育てられたから、大志も桜子も優しい人間に育ったのだろう。

大志から桜子へのプレゼントは、彼女が前から欲しがっていたという白い財布。

「ほい、桜子、兄ちゃんからのプレゼントだ」

「お兄ちゃん、これ私が欲しかったやつだよ！　ありがとう！　大事にするね！」

好みをバッチリ把握できるのは家族の特権だな。桜子がピョンピョン飛び上がって大喜びしている。

――うわっ……心臓が痛い。

天使の笑顔で手にした財布の後では、俺からのプレゼントが霞んでしまう。

だけどいつもの流れで、次は俺の番だと皆の視線が告げている。

「あの……桜子ちゃん、俺からもプレゼントがあるんだけど……」

ゴクリと唾を呑んで恐る恐る包みを差し出すと、いつものお菓子を想像していたらしい桜子が不思議そうな顔をした。それでも黙って受け取って、ゆっくり包みを解き……パアッと花咲くような笑顔を見せる。桜子は白い手袋をギュウッと胸に抱き締めて俺を見上げ、「冬馬さん、ありがとうございます」と頬をほんのり赤くして、潤(うる)んだ瞳で呟(つぶや)いた。

キュン！

——これは……ヤバい。

十三歳の少女相手に何をトキメいてるんだ。俺はロリコンかよっ！

長い間彼女がいないと、女子への免疫がなくておかしくなるのかもしれない。変な目つきにならないよう気をつけよう。

そんなことを考えていると、桜子の母親が、「ほら、桜子」と訳知り顔で彼女の背中を押す。

「うん……」

桜子がモジモジしながらキッチンから何か抱えてくる。そして俺の目の前に立って俯(うつむ)いた。

色白だから首まで真っ赤なのが丸分かりだ。

——んっ？

「はい、冬馬さん。メリークリスマス！」

差し出されたのは、リボンで結んだ可愛い透明な袋に入った……クッキー⁉

「冬馬さん、そのクッキーは昨日桜子が焼いたものなの。良かったら食べてあげて」

——マジか……

これは嬉しい驚きだ。

そうか、彼女も料理ができるような年頃になったんだな。

そして、わざわざ俺のためにクッキーを……

桜子の母に促されて、赤いリボンを解き丸いチョコチップクッキーを一枚頬張る。

「うん、美味い！　サクサクしてて、甘さ控えめで……本当に美味しい！　ありがとう桜子ちゃん、嬉しいよ！」

自分でも驚くほどスラスラと言葉が溢れ出た。

彼女が浮かべる安心したような笑顔に、またしても目が釘付けになる。

キュキュン！

——だから俺は……っ！

動揺を抑えるように、チョコチップクッキーをもう一枚摘んで口に放り込む。

「うん、美味い。本当に」

正直言うと俺は甘いものを好んで食べるほうではない。それなのに、このチョコチップクッキーは本当に美味しくて、何枚でも食べられると思った。

それが本当に絶品だったからなのか、桜子が焼いてくれたからなのかは分からない。

今振り返ってみると後者だったのだと思うけど……その時はまだ自分自身、無意識で、そんなことにも気づいていなかったのだ。

ただ、俺の言葉にはにかんだその笑顔はとても可愛らしくて。ずっと見ていたいな……そう思ったことをよく覚えている。

「お兄ちゃん……はい」

桜子の声で我に返って顔を上げると、桜子は既に俺の前から移動して、大志のもとに行っていた。

「お兄ちゃんも、メリークリスマス！」

俺と同じクッキーを受け取った大志は最初驚いて、それからフニャッと蕩けそうな泣きそうな顔をする。

――そうか、大志にもあったのか。

そんなの当たり前なのに、何故かクッキーが自分だけにだと思い込んでいたのが恥ずかしかった。

――そうだよな、当たり前だよな。

むしろ大志になかったらおかしいだろ。桜子はお兄ちゃんが大好きなんだから。

さりげなく枚数を数えてみる。大志も俺も同じ五枚ずつだということに、妙に安堵している自分がいた。

――あれっ？

大志からは見えていないけれど、こちらからだとよく見える。桜子が後ろに何か隠している。

あれは……

「桜子、お前のクッキー最高だ！　兄ちゃんは嬉しい……っ……えっ⁉」

桜子が背伸びして、大志の首にフワッと長いものを巻き付けた。

ワインカラーの毛糸のマフラー。きっとあれは……

「……えっ……えっ？」

何が起こったのか分からず目を見開いて固まる大志。

「マフラー。お母さんに編み方を教えてもらったの」

――やはり手作りか。

「……マジか……うわっ、マジか……」

耳まで真っ赤にして、手で口を押さえて感動している大志は、目を潤ませている。

「まだかぎ針編みしか覚えてないけど、今度は棒針編みも覚えてセーターとかにチャレンジするね！」

桜子が首を軽く傾げて屈託のない笑顔で言うと、大志が「桜子っ！　大好きだ〜！」と抱き付いた。

「きゃっ！　お兄ちゃん!?」

八神夫妻が顔を見合わせて笑い、桜子もフフッと笑う。

俺もそれに合わせて「ハハッ」と笑ったものの……内心では羨ましくて仕方がなかった。

そう、俺は大志が羨ましかったんだ。

自分のためにマフラーを編んでもらえて、首に掛けてもらえて。当たり前のように抱き締めても許される関係。

泣き笑いの顔で鼻を何度も啜っている大志を見つめて、あの日胸に抱いた感情が何だったのか……

既(すで)に自分が失ってしまった家族への憧憬(しょうけい)。

持ったことのない妹への憧れ。

単に手編みのマフラーが羨(うらや)ましかったのか、それとも**桜子が編んだ**ものだから欲しかったのか、その両方か……

今はもう自分の中で答えが出ているけれど、あの頃の俺はまだ本当の恋には鈍感で。桜子への感情を、『親友の妹』という枠に無理やり押し込んで、心の隅にやっていた。

そうしている間は大志との友情も桜子との関係も崩れない。そのほうが安心で平和でいられると、無意識に安全な道を選んでいたんだと思う。

『何だよ、お前は食レポするようなキャラじゃないだろ。普段からもっとその笑顔を女どもに見せてやれよ』

クッキーの感想を言い続けた俺は、後から大志にそう言われたけれど、そんなの自分自身が一番よく分かっていた。

『親友の大事な妹に優しくするのは当然じゃないか』

そんな風に誤魔化(ごまか)して。

彼女はまだ十三歳だぞ。この前までランドセルを背負っていたんだぞ。八歳も歳下(としした)の大切な妹なんだぞ。

そうやって自分にも必死で言い聞かせていた時点で、俺はもうハマっていたのにな。

結果的に自分の気持ちを告げる前に大志の本音を聞かされて、告白のタイミングを逃してしまって……


それが良かったのか悪かったのか、今でも俺には分からない。

ただ一つ確かなこと。

その年のクリスマスで、俺は初めて『バーガンディーカラー』という色を知った。

大志のために編まれた、あのマフラーの色はそう言うのだそうだ。

大志が亡くなった時、棺の中で眠るアイツは、桜子の編んだバーガンディーカラーに包まれて幸せそうに微笑んでいた。

＊＊＊

「桜子……」

「ん、なあに？」

「俺が死んだら……棺の中はミッドナイトブルーで埋め尽くしてほしいな」

桜子の手編みの品に囲まれて、彼女が選んだその一色で包まれて。

そう言った途端に、桜子の顔がクシャッと歪む。

「冗談でもそんなことを言わないで。お願いだから、私を置いて先に逝くことなんて考えないで」

俺の胸に顔を埋めて肩を震わせる彼女を見て、自分の失言に気づく。

『桜子が二度と一人だけ残されて泣くことのないように……どうかお願いだから、たった一日でも、一分一秒でもいいから、アイツより長生きしてやってくれ』

大志の手紙の文面を思い出した。

そうだった、俺は何てことを口走ってるんだ。

アイツの分まで桜子のために生きると決めたんじゃないか！

「桜子、ごめん。馬鹿なことを言った。縁起でもないよな」

「……死んじゃ駄目」

「うん……絶対に死なない。桜子を置いて逝かない」

「……一人で遺されるのはイヤ……」

「うん……絶対に死なない。死んでも生きる」

そう言って抱き締める腕に力を込めると、「ふふっ、死んでも生きるって……」と、桜子は漸く笑ってくれた。

身体を離して、彼女の頬を指先で拭う。

ゆっくり顔を近づけると、濡れた睫毛が閉じられた。

そっと触れた唇はまだ震えていて、自分の愚かさを思い知る。

『ごめんな、悲しい思いをさせて』

『もう二度とこんなことを口にしないから』

『絶対に桜子だけを遺して逝かない』

そう言葉にする代わりに、口づけを深くして……

——ずっと離さない。俺達は死んでも一緒だ。
ベッドで激しく貫(つらぬ)きながら、俺は何度も「愛してる」と呟(つぶや)いた。

恋愛小説「エタニティブックス」の人気作を漫画化！
EC
Eternity COMICS
漫画 秋月綾
原作 なかゆんきなこ
身代わりの婚約者は恋に啼く。
Migawarino Konyakusya ha koi ni naku.
志穂
美穂
嬉しいけど…胸が痛い
志穂しかほしくない
楓馬さんを慰めることができるなら――……
んっ
両親から優秀な双子の姉と比べられて育った志穂。ある日彼女は、姉の政略結婚の相手・楓馬に一目惚れしてしまう。許されない想いを隠し続けてきた志穂だったが、突然、姉が事故死し代わりに楓馬と婚約することに……。
自分は姉の身代わりに過ぎない――…
そんな志穂の想いとは裏腹に、楓馬は本当の恋人のように優しく淫らに志穂を抱いて――？
B6判　定価：本体640円＋税　ISBN 978-4-434-28118-1

訳あって仕事を辞め、充電中の純奈（じゅんな）。独身で彼氏もいないけど、そもそも恋愛に興味なし。別にこのまま一人でも……と思っていた矢先、偶然何度も顔を合わせていたエリート外交官・貴嶺（たかね）と、なぜか結婚前提でお付き合いをすることに！　ハグもキスもその先も、知らないことだらけで戸惑う純奈を貴嶺は優しく包み込み、身も心も愛される幸せを教えてくれて――

B6判　定価：本体640円＋税　ISBN 978-4-434-27987-4

エタニティ人気の12作品

TVアニメ化！

CV:岩崎諒太、石原舞、大須賀純、清水愛 他

Eternity
エタニティ
深夜の濡恋ちゃんねる
Sweet Love Story
NUREKOI

通常版 TOKYO MX
2020年10月4日より 毎週日曜 25:05～
※放送日時は変更になる可能性があります

エタニティ公式サイトにて
デラックス♥版 もWEB配信!!

アニメ公式サイト：https://eternity-nurechan.com/

アニメ公式ツイッター：@Eternity_Anime

書籍化された人気の12作品を
1話ずつ放送！
毎回作品が異なるので
どの回から見てもOKです。
放送にはない大人向けの
デラックス♥版も
公式サイトにて配信予定！

この作品に対する皆様のご意見・ご感想をお待ちしております。

おハガキ・お手紙は以下の宛先にお送りください。

【宛先】

〒150-6008 東京都渋谷区恵比寿 4-20-3 恵比寿ガーデンプレイスタワー 8F
(株) アルファポリス　書籍感想係

メールフォームでのご意見・ご感想は右のＱＲコードから、
あるいは以下のワードで検索をかけてください。

アルファポリス　書籍の感想

ご感想はこちらから

本書は、「アルファポリス」(https://www.alphapolis.co.jp/) に掲載されていたものを、改題、改稿、加筆のうえ、書籍化したものです。

仮初(かりそ)めの花嫁(はなよめ)　～義理(ぎり)で娶(めと)られた妻(つま)は夫(おっと)に溺愛(できあい)されてます!?～

田沢みん（たざわみん）

2020年 11月 25日初版発行

編集－黒倉あゆ子
編集長－太田鉄平
発行者－梶本雄介
発行所－株式会社アルファポリス
〒150-6008 東京都渋谷区恵比寿4-20-3 恵比寿ガーデンプレイスタワー8F
TEL 03-6277-1601（営業） 03-6277-1602（編集）
URL https://www.alphapolis.co.jp/
発売元－株式会社星雲社（共同出版社・流通責任出版社）
〒112-0005 東京都文京区水道1-3-30
TEL 03-3868-3275
装丁イラスト－一夜人見
装丁デザイン－ansyyqdesign
印刷－株式会社暁印刷

価格はカバーに表示されてあります。

落丁乱丁の場合はアルファポリスまでご連絡ください。

送料は小社負担でお取り替えします。


ISBN978-4-434-28121-1 C0093